莞香花开

2021中国（东莞）森林诗歌节『莞香杯』
第四届东莞市诗歌大赛获奖作品暨名家采风作品集

东莞市文化馆　寮步镇文化服务中心/编

中国言实出版社

图书在版编目(CIP)数据

莞香花开 / 东莞市文化馆，寮步镇文化服务中心编
. -- 北京：中国言实出版社，2022.2
ISBN 978-7-5171-4046-7

Ⅰ. ①莞… Ⅱ. ①东… ②寮… Ⅲ. ①诗集—中国—
当代 Ⅳ. ①I227

中国版本图书馆CIP数据核字(2022)第022206号

莞香花开

责任编辑：郭江妮
责任校对：罗 慧

中国言实出版社出版发行
地址：北京市朝阳区北苑路180号加利大厦5号楼105室（100101）
编辑部：北京市海淀区花园路6号院B座6层（100088）
电话：64924853（总编室）   64924716（发行部）
网址：www.zgyscbs.cn
E-mail：zgyscbs@263.net

经销：新华书店
印刷：阳谷毕升印务有限公司
版次：2022年4月第1版   2022年4月第1次印刷
规格：850毫米×1168毫米   1/32   9.125印张
字数：177千字

定价：56.00元
书号：ISBN 978-7-5171-4046-7

主　编：黄晓丽　王少平

副主编：刘　影

执行主编：方　舟　尹汉文

执行副主编：孙冬梅　黄　荣　周丕垚

编　委：沈　静　张春娟　叶玉婷　黄静婷

前　言

　　品质文化与旅游资源融合，生态审美与城市诗歌共生。

　　四月三十日，由中国作家协会《诗刊》社、中国诗歌学会、东莞市文化广电旅游体育局、寮步镇人民政府联合主办，中国诗歌网、广东省作家协会诗歌创作委员会、东莞市林业局、东莞市生态环境局协办，东莞市文化馆、寮步镇文化服务中心（东莞市文化馆寮步分馆）等单位承办的"2021中国（东莞）森林诗歌节"开幕式，在美丽的佛灵湖森林公园大草坪上拉开帷幕。这是继"2019年中国（东莞）森林诗歌节"在寮步成功举办后，又一次全国性的诗歌盛会。中国作家协会诗歌委员会主任叶延滨，中国诗歌学会会长杨克，《诗刊》社事业部副主任兼中国诗歌网副总编蓝野、东莞市委常委、宣传部部长杨晓棠，市人大常委会副主任梁荣业，寮步镇委书记叶沃昌等领导嘉宾出席了开幕式。

　　东莞市委常委兼宣传部部长杨晓棠在开幕式上高度评价了"森林诗歌节"的作用，他认为"森林诗歌节"已成为建设"湾区都市、品质东莞"新型城市的高品质文化新名片，让社会各界领略了东莞的生态之美、历史之幽、新城之貌。希望继续发挥好"森林诗歌节"这个"国字号"文化品牌的带动作用，推动诗歌节与莞香文化旅游节的有机融合，全面推进莞香文化与旅游产业的深度融合发展，为建设"湾区都市、品质东莞"新型城市添砖加瓦。

"中国（东莞）森林诗歌节"设有主会场诗歌主题板块、旅游板块、林业生态环境系统主题板块以及各镇街分会场主题板块。诗歌主题板块共安排了十二个活动项目，包括"诗歌节大型开幕式""'莞香杯'第四届东莞市诗歌大赛""全国诗歌'三名'寮步采风行""著名诗人进校园""生态诗歌对话""小诗人沙龙系列专场""生态诗歌系列讲座""东莞诗人采风行""岭南著名诗人森林笔会"等活动，所有的诗歌活动共近五十场次。全国著名诗人叶延滨、杨克、阿古拉泰、王久辛、曾凡华、梁尔源、蓝野、安海茵、蒲小林、三色堇、王红雷，《诗刊》社编辑曾子芙，《中国绿色时报》记者王江江，广东著名诗人兼诗评家丘树宏、张况、唐成茂、戚华海、张德明、方舟、冯娜、倮倮、林馥娜、梁永利、宝兰等二十多位嘉宾参加了开幕式和"创作采风"系列活动，并展开了"生态文学"与"森林诗歌"的交流和对话。诗歌名家看东莞、写东莞、进校园，极大丰富和拓展了东莞市诗歌文化的内涵，创作出了一批富有东莞气韵的精品佳作。其中，著名诗人杨克、蓝野还先后走进寮步镇的校园，开展了诗歌赏析与创意写作的相关讲座。

作为本届"森林诗歌节"的重头戏，"第四届'莞香杯'东莞市诗歌大赛"从四月底面向全国征稿，倡导书写"湾区都市、品质东莞"的城市传奇、书写国家森林城市的生态文明、书写大湾区"品质文化之都"东莞的新气象以及莞香特色文化森林文化，宣传生态文明观和生态审美观，助力中国生态主题诗歌创作的新繁荣。本次大赛得到了全国诗歌爱好者的热烈响应，纷纷积极参与。据统计，截至七月一日，共收到应征诗歌作品共三千余首。

本次大赛的评选分为初评和终评两个环节，主办单位邀请了张晓雪、杨碧薇、张慧谋、皮佳佳、冯娜等多位著名诗人组成初评评委小组，对参赛作品进行了为期半个月的电子版匿名审读，并经现场评审，最终评选出一百六十六首诗歌作品进入终评环节。终评环节于七月二十八日上午在东莞市文化馆举行，采取了线上线下结合、所有作品匿名审读、主办单位相关负责人和媒体现场监督全过程的评选方式。本次终评环节的评委主任由中国作家协会诗歌委员会主任叶延滨、中国作家协会《诗刊》社主编李少君、中国作家协会诗歌委员会副主任兼中国诗歌学会会长杨克共同担任。中国诗歌学会党支部书记兼常务副会长王山、《光明日报》副刊主任邓凯以及郑小琼、黄礼孩、陈桥生、唐成茂、朱志刚等广东著名诗人和学者组成终评评委会，对进入终评环节的作品进行了认真的审读、讨论、评选，评选过程采用匿名的方式进行，由诗人方舟等人共同担任监审评委，媒体记者现场全程参与，最终共评选出一等奖一名、二等奖三名、三等奖十名、优秀奖三十名以及入围奖一百二十二名。

中国诗歌学会会长兼著名诗人杨克表示，"中国（东莞）森林诗歌节"不只是一个普通的文化活动，它的特别意义在于借此倡导全国诗人以诗的方式共同构建人与自然深度融合的生命共同体。举办"森林诗歌节",是倡导生态文明,是呼唤绿色生活,是响应大湾区发展口号,是执行国家战略要求。东莞市已举办了多届"森林诗歌节",在东莞这片经济发达的热土上,也是先行一步地重新呼唤了自然生态跟我们人类生活之间的关系,追求了一种和谐的人与自然的关系。

《诗刊》社事业部副主任兼著名诗人蓝野表示,东莞是世界制造之都,是岭南文化的重要发源地,也是全国的森林城市,多年来东莞的生态文学建设也取得了丰厚的成果。近年来,东莞多次举办"森林诗歌节",文学与生态环境的积极互动,对深化大家的生态保护意识起到了重要作用。经过了这几年的积累与沉淀,"森林诗歌节"的影响越来越大,有力地推动了中国生态诗歌的发展。未来生态诗歌是一个重要潮流,相信随着时间的推移,这股潮流会越来越奔涌无尽,"森林诗歌节"的影响力也会越来越大。

为充分展示"2021中国(东莞)森林诗歌节"的成果,展示全国诗人对生态诗歌写作和东莞青山绿水的热情呼应和向往,我们特将"'莞香杯'第四届东莞市诗歌大赛"中荣获优秀奖及以上的作品和"名家采风"作品汇编出版,以飨读者。

2021中国(东莞)森林诗歌节

二〇二一年九月

目录

Contents

第一辑——获奖作品集

第二辑——名家采风集

莞香花开

第一辑

获奖作品集

莞香记（组诗）

夏蔚蓝

莞香记

从牙香树的伤口，到黑褐色，固态的莞香
时间在泥土和乡音的聚焦中呈现给我，一道有趣的命题
生命的意义究竟是存在于智慧
还是因为渴望和需求的增加而加速了世界的变迁？

在寮步镇，牙香街，似乎有人打开了
人生另一扇奇异的大门
莞香的气息很容易就把我拉回到，万历年间的人群中
长袖。丝绦。系在腰间的香囊或是怀中香炉
溢出的味道至今未散，甚至我的生活也在慢慢变得
充盈起来，被某些值得玩味的词语解构、重建
而具有了不能舍弃的闲适音节

快节奏的生活，在这里，终于慢下来

一位老者和我谈起他的前半生

犹如含有香油的木块，被大范围凿下，将无香油

积聚的木质铲去，留下油质的莞香

上品入水沉，故名沉香。他的生命也因此有了许多期待

比如女儿香，需要他用温柔和慈爱打造，送给女儿

祝福她拥有美满的一生

他也说到少年时的坎坷，中年时的焦虑

但那都是结香的过程

正如雨后彩虹，必须面对洗礼

才能成就生命的真诚与宽广

涯香。土沉香。白木香。他说起的这些名字，随着时间

沉淀在我的生活里，而我看着他，就像在阅读一本书

瞬间沉浸在江山的缩影中

云天如海，落霞如歌。尘缘那么浓，却微醺于

点燃的香塔。低唱。沉吟。在千古的音律中，勾勒沧海桑田

传承永恒的时间密码

碧水如蓝，苍穹也会写下浩瀚的人生

我在牙香街漫步

而我所见的商户和房子，却在历史中漫步

那是无法细说的情景，莞香浓郁，而思考的空间
却被掏空了。我能见到的万物
都在词语里摇动着，写意灵动的韵味

莞香溢出的芬芳，很容易就能氤氲
生活的细节。那些不愿屈服命运的人，那些执着
青天的野草和象征光阴的句子，都有沉默之美

雁群带回故土的思绪
而我唱着一首歌。制香人仿佛在木质的乡愁上
拨动时间，把庞大的词语，推远一些

一个少年站在店门前，对我微笑
他看上去已经认识我几百年
只是在这里相遇，出乎了他的预料，竟有些惊喜

我走过去，他就递给一只熏香炉
盘香在我面前吟唱，我却只把一杯酒敬给苍天
我愿意众生都在寻找尘世归属的路上，一切安好

香炉里的烟气汩汩流出，如同清澈的溪水在山中

环绕着古树。一首诗从古老的年代涌来

经由少年的嘴唇，讲述给我，抵达我的年代，春风荡漾

我与万物之间，是悠悠的歌声

我想用某个细致的词语，比喻这情景

或者用一首诗，准确地叙述岁月里，不能用语言还原的时光

就像莞香的意蕴，带着万物归乡。辗转的、缠绵的曲调

最终留在一张宣纸上，是异乡的游子举起酒杯

千言万语，换来一片树叶。风吹着沉思，沉思更加久长

在这里，在香市的谜语中，香意有时会从

我的身体溢出，就像年代的句子，会从一面湖水溢出

而温暖之心从光阴溢出

莞香沉淀的历史，其实早已超过千年

只有深刻的静谧才能与之并论

只有跨越疆土的描述

才让我对它的想象，变轻了一些

莞香的气质，比任何语言都要更加浓厚

有气韵，更有生命的芳华

它把一个人的一生刻画得淋漓尽致。更把一个人的魂魄

以浩大的情怀，视成云托起时，内心的波澜，澎湃的诗情画意
有时候我觉得它是语言的一部分，是有生命的
有时候它又赋予我时间的碎片
如同一个跋涉了千万里路途的灵魂，把自己所见的
每一片树叶的脉络，都写成岁月

在泥土中，骨骼是生命复苏的理由
而莞香褪去的硬质，已然把生与死演绎到极致
就像风从山顶吹落幼鸟
云彩和流水第一次使用翅膀
脱离母体的事物，有重生的权利
莞香一经诞生，就承担着属于它的乡音
别离。凝望。万物的敬畏之心
为它写一首诗，犹如字体和颜料，沁入理性的思考
只要尽情挥洒就一定会有，在星空深处醒来的乡愁喷薄而出

大叶紫薇的时光笔记（外二首）

阿翔

仅一种可能，空气中跳荡着白日焰火
像更旧的时光茂密了蝴蝶的幽径

起先不知它即将成熟于风景的背景
几乎令世界顺从了
它在堕落中，只要天气足够幸运

仅一种可能，路途遇见的植物影子
安静得不限于只是我们
曾被死死捆住的东西开始松弛

它的大叶，在紫薇花消失后变得鲜红
看上去像是吃掉了翠绿的影子

仅一种可能，它使我在它举出的例子中
像一个旁观者，借助山涧的记忆

场景仿佛显得很久远

更何况，我差不多猜对了
它不会满足于自然的晚期，而晚期犹如
它的前戏

仅一种可能，就觉得它和日常的逻辑
仿佛存在着一层薄薄的瓜葛
生活的意义才会被它暗示出来，但不代表
每个人都能识破。

而我们所走过的路线本身
就意味着与它不期而遇。所以我呼吁
退出它的身体，让旁边的石头柔软

它等于在人生的漏洞中
令泉溪抱紧了自己，以至于骄傲而又
孤独的力量再次启示了我们

仅一种可能，它重新一遍遍排列
树梢上的点缀，将我们的目光投向一个
火红的活力，好像抓紧一个新的自我

谷雨帖

在你作出反应之前，雨水挥舞着手臂
深度参与到春天最后的礼遇
作为效果，绿意中雨下得令布谷鸟的啼叫
依然显得鲜亮，像是招待远方来客
晃动的树影轻轻吹落着花影
之后你会看到戴胜鸟蹦跳在枝上
除了信任，广义上的爱，意味着灵魂
完全得以淋漓酣畅，甚至升华到
令世界也只能望尘莫及。多数情形下
没有人能承受得起现实的空旷
远处的独木桥典型得像人的独木难支
假如你说的风景，还有另外一层意思的话
但你点到为止；直到堕落也可以
是轻盈的，雨滴才会慢慢渗入人的虚无
以至于时间的流逝被拉成了细线
仿佛只有这样，才存在灵活低飞的可能。
沉默之外，河边的一块空地高于天堂
或者高于一种局限，不仅如此
风吹过来时，草丛在巨大的蓝色仰视中发芽
你不可能对此熟视无睹

就好像死亡不可能荒废生命的生机
唯有准确于一个原点，你才会
在完美的兜底中认出自己，仿佛一个插曲
在身边兜了半圈，便宣告自己醒来
一旦相对于眼光的独到之处，还从未有过
默契能构成雨和雨之间的空隙。

群山来信

甚至与刚下过雨无关，第一瞬间
来自缭绕群山的云雾暴露出
世界的能见度，你会觉得布谷鸟的鸣叫
误解过花簇的秘密，有时也会低于
蜜蜂的试音；果实集体缺席于自然的口味
并不妨碍是你判断好坏的一个理由
命运的瑕疵中，如果不是抱有偏见
你的影子怎么会轻盈得疏忽
饱满的真实含义，即使不擅长辩证法
至少在风中找出迷宫的后门
就像在这首诗里誊写一遍群山的翡翠
也掩饰不了缝隙的隔音效果。
与距离无关，尽头就在星星的眼前

犹如山楂和海棠之间的寂静之舞

远不止于潜伏和附身的关系，更像是

一种减轻的重量，将陌生的自我

收敛在一个虚无中，仿佛玩了一次蜕皮

甚至与现实无关，除非你恍惚于

满山都是白云的语境，这种情形下

谁会需要陪衬喜鹊的下午；所以

第一瞬间带来的新能量，就能识破

事实的全部伎俩，跟真的似的

你身后的野猫低估了你的好奇心。

甚至也与人的最后一点祈求无关

你从不低估褰窣之间的任何轻微就如同

一场出戏；如果没记错的话

在巨大的孤独中，你的角色令你自己

常常破绽百出，但又随时

会得到自愈的可能

莞城"香"约，或林间的四个叙事

八零

人啊，充满劳绩，但仍诗意地栖居在大地上……

——海德格尔

1

我有幸远赴东莞的山水之约

参加大岭山森林世界的闭门会议——

华盖木、广东松、蝴蝶果、红豆杉

凹脉、桫椤、金叶含笑、半枫荷

金叶、山桂花、长叶竹柏

黄花梨、铁力木、闽楠……

和人类一样：它们穿各自民族的盛装

有的是土著，有的来自外省他邦

和人类一样，它们有开幕式、欢迎辞

会议主题、分歧协商、文件签署

备忘录和闭幕时的歌舞表演；

和人类又不一样：它们不争吵不斗勇

它们的智慧根植于广袤而沉静的大地

气氛如晨曦罩万物，语调若溪水

所释放的烟花来自晨气与彩云；

麦克风是向日葵，传播温暖与光明

掌声似归巢晚风摩挲着叶丛；

是的，那是一次闭门会议，作为人类代表

我列席在枝繁叶茂的植物群内

迷醉于它们自然而幽雅的体香

却又无所适从，丧失了人的言语功能

只能侧耳聆听，并愈加相信——

草木之间有我们所不知的文明

2

那日黄昏，我脱离了人群

独自深入到大屏障幽僻的山间

遇见一位修道老者：他笑意友善

榕根白须，步履从容稳健

舌尖绽开着霞光中吐纳的白兰；

他热情地伴我蹁行，拂尘轻点

向我介绍周身每一种草木的名称

它们的喜好、方言以及性情

我向他述说了久居山外之种种

询问解除烦恼之法，以求内心安宁

他手抚长须，笑而不语

雾霭变幻着形迹经过我们头顶的山峦；

那些年我曾尝过人世百味

因而胃部生着疾顽①

但来不及再问，他已拱手作别

我方转身又回头，却已不见他身影

唯有一株老迈的莞香树矗立在身后

忽记起，他生有一枚硕大圆润的喉结

正如眼下，这颀长的树干上所留下的

雷击、虫噬、刀斫后的疤瘤……

3

雨季来临之前，我做好准备

在碧湖西畔租下一间松木屋

买来纸、铅笔、旅行图、滑板和唱片；

我打算为 11 岁的儿子创作一部童话

① 莞香乃是治疗胃病的特效药，故云。

从林木高处走下去时，已构思好情节——
它关于一株年轻的香樟或者木棉
有一天它厌倦了林间的寂寞生活
带着旅行图走入城市，遇见一名东莞少年
少年爱音乐，但需要一只原木滑板……
笔尖在纸面敲打出雨点的声音
唱片里循环播放《小城大事》或《音乐之城》
窗外宽大的香蕉叶是一只碧绿色的滑板
甲虫们不知如何启动正急得乱转……
这是一次有关爱与美与寻找的旅程
我赋予它七分柔情，三分伤感
因为作品尚未完成，雨季已经提前结束
令我措手不及，心有遗憾
好在、好在有一日阳光忽然推开我的木门
正好看见一位腋下夹着滑板的少年
狼尾发在风中飘扬，他手指白嫩而细长
身后正站着一株香樟一株木棉

4

北方友人发微信，问我林中事
我回天地之大，微信太小

山中无小事，事关一草一木，无法言明

又问我岭南山中寄居有何感？

我说我非寄居，已是藤肢木身

杂草的发须，花朵的五官

溪流濯足，晨光洗面，与植物们混为一体；

遂关闭手机，再无意相告如下的生活——

雾气中我们喝露水粥，晨曦里打坐

同植物们在一起，随意在它们身旁坐下

让我的身体无限靠近它们的身体

一种血肉紧贴上另一种血肉

一种筋骨感受到另一种筋骨；

我啊，我尤爱那些生长在低矮处

无人路经、又无人命名的卑微生命

裤脚上沾泥，膝盖带着擦伤

同他们蹲在一起：俯下身子

透过叶片上的虫眼，看这颗并不完美的星球——

朝霞浩大，落晖迷人，人世就在不远处

灯火正打脚踝处升起；

同植物们在一起，哪怕只一个时辰

我便有了它们的肤色、情感与呼吸

苍茫的暮色中，我头枕岩石念起草木经

同山峦们一同睡去；当我醒来

万物睁开双眼，草地上洁净一片
并不留下我曾沉重的人形……

寮步，草木深处的香城

王征桦

莞香：寮步的女儿

黄昏还在虚构，寮步的女儿从云彩外秘密归来
寮步的女儿啊
能辜负的和不能辜负的，你都没有辜负

太阳被大独轮车拉走了
而你绕城三匝，轻而易举地搬运来一座新城
挺拔的香远塔，对他来说，已到揽你入怀的时候了
寮步的女儿
你用一树美丽的伤痛，温存他的孤檐

你还会接受来自繁花的嫉妒
虽然她们的花瓣上面，鸟鸣声至今没有枯萎

她们的芬芳是一次性的，结成的爱恨，还堆积在那里

这么多天了
直到暮色四合，冷雨骤至，鸟鸣崩塌成废墟的时分
一轮明月从海上漂来

寮步的女儿啊，你的香气
比起她们的，有足够的绵长和柔软，并在她们离开时
守住明月之下，城的精魂

莞草：寮步之故乡

离家的人，用一株莞草缓慢地解开乡愁之结
一位老先生，他顺着雨水找到归途
他收到了年度的新柬
他看到许多词语抽象起来，包括莞草

告诉你，他是我的父亲，曾经和我的祖母一起
编织过岁月
他见到莞草的时候，莞草早已成为这座城市的名字
莞草再次见到他时，他却叫游子了

他孤枕之上高悬的梦，竟然是这棵普通的莞草
他相信他最后嗅到的，定是莞草的清香

他于森林之苍翠中浮出的脸，经纬交织
他手托草筐，掌心一直向上
草筐飘浮着，挣扎着，总想装下湛蓝的天空

炊烟早不在了，莞草也躲进了暮色之中
误了晚饭的老先生
听到祖母在云头上焦急的喊声，一声一声的，怀乡的饥饿——
并不打紧，顶多去莞草上找回

莞花：寮步之容颜

玉兰花，沿着街道气喘吁吁地跑，城市中的
浪漫主义者，有着灿烂的誓言

硕大的花朵，朵朵向上
一年两次的花期，就是她誓言中的奉献

有时她从街上拐进巷子，停了下来
像做错事的少女，接受着四周高楼的训斥

从此不说什么起点和终点，她又跑上了大街
这一次她的马拉松不再停歇

玉兰花，寮步之容颜
我乘坐的二号线，是她皮肤下奔忙的血管

我是外乡人，不能把作为城徽的她，擦得更亮
但我有足够的感觉，关注她的美学意义

阳光下寒溪河的两岸——
因为玉兰花的奔跑，而怀上了洁白的风暴

珙桐落成一幅画的样子（组诗）

陈颉

珙桐落成一幅画的样子

遗世独立，暗嫩地绽放
弥漫整个山岗，一群白鸽
纤细的爱，是无须掩饰的证词

第四世纪冰川遗留的时光
捧热了一个沉甸甸的远方
一瓣健康的呼吸，风中信物
依然生龙活虎，妙音缥缈
群山的剪影，一只酒杯盛满了
尘埃落定的空茫，此时
我只想听听花儿摇动山峰的沧桑

山的舞台，未必与我无关
身旁一匹匹白马疾驰而过

踏过鸟鸣、露水和原野被时间打磨
羽化气度，而后装订成册
梦的风铃，慢慢指向须弥
落成了一幅画的样子

我站在树下，风依旧在吹
一个喜欢沉默的人，更喜欢卑微和细小
一些感怀，微微掠过
喧哗与静默在持久延续

杜鹃花布阵而来

一束束燃烧的火焰，不紧不慢
赶在三月，结结实实扎紧山的袋口

凝望的眼神蜂蝶成群，嘀答嘀答
青山往复，所有的静物，都会反光
瞬间变幻莫测，独自站在你身旁
静逸是内心的一次浩荡

洁净女子富贵端庄，清浅导入镜头
把春天藏下，延伸溪水的宽阔

我小心翼翼地蹲下身子，群山光鲜的芬芳
一浪一浪布阵而来，慢慢缠住山腰

黄昏，一个人抚弄森林的竖琴
夜色弥合的莞香，与我保持着
一粒花香的距离，一个人的夜
坚硬的岁月更加孤独，彼此悠闲的晚风
扬起又落下，一片月光
正敲打另一片月光

野菊轻盈踱步

让秋色慢下来，这需要
长时间的行进和开放

一朵花的背面，树林密集
溪水照见的落寞，野菊轻盈踱步
熟悉的微笑，落日斜过的山凹
我有些惊慌失措

近坡的鸟鸣，地上的落叶
满眼神性的花朵，就这样

回见了我的童年

草木自有草木的欢愉
野菊氤氲，简单地活着
看待时间的方式司空见惯
这是我喜欢的卑微与亲切

而这，才达到预期；是理所应当

3

佛灵湖。比工艺最好的铜镜更古老
盛大湖盆，擎着，若斟满芬芳果酒的杯盏
亿万斯年！等到我来，这，是何等缘分？
一面色空鼓，我以调香师曼妙之手
轻轻敲击：鼓槌落于湖面，鼓声却发自内心
湖边淤泥如胎盘：新词般鲜活的苇鸟
在这棵芦苇上充电；在那棵上筑起了巢
会留一棵给帕斯卡尔；也留一棵给渡江人
留一棵给你，即便等到白头，也不休不止
真正的佛灵湖哦，还是无法抵达
甚至无法看透一滴水，它的透明，折射着
——绿色浸染过的光线并带来眩晕感；
毋庸置疑，一滴水就是一个时间的界碑
一滴水就是一个瞳孔
佛灵湖以巨大的复眼，注视着人间之美

4

小小的莞香之花，属灵的物种

它在传递着什么？

小小的庙宇；围拢着属于一朵莞香花的时间

像是重复着一种不变的教义

以至于每一次打开都是一次完美的阅读

每一次陨落都是短暂的搁置。仿佛言说

生是苦难史，从来不总是光鲜亮丽

活是在死里活；一次次升级又一次次回到本真

它在言说，即便是"植物中的钻石"

也需要你懂得切割技艺，去发现美？

它在暗示，即便有一味治愈系的良药

也需要你裸露心，不能讳疾忌医？

小小的穹窿里，有更多我所未知的神秘

5

一树沉香，一城漫绿。沉香的过程

如诗的酝酿；如一座城的蜕变与华章——

我想写一首《沉香博物馆有寄》时

发现：要写的是我内心原始、芬芳的激荡

是啊！沉香。这是多好的名字
一种回归，砍去浮华、张扬的部分；
做减法，对生命现象的最本真的陈述
这表达是独一的语言的分泌物
无论伤痕与挫折，生命进入思考与周旋
结香，成为属灵的事情
对命运之时间的对抗与延缓
这无疑是值得的！如调香师腕下色空鼓
宫商角徵羽也不过是为了最终的寂静

6

说实话，作为一个诗人，我是急于
写出体验之诗，或未解之诗的神秘性
在东莞，如果以诗来呈现"香"
怎样使用语言？它飘忽、轻盈
语言的镊子无法夹住
它弥漫、涌动，仿佛一种浣洗、升华之术
于这"香"本身而言，怎么表达都会有所差池
就像写诗本身，诗，只是接近它的本真

"它是神的语言，它与大地垂直。"① 而这香。仿佛一种作业、
恩宠般加持给生命

　　而这"香"的修辞，有无限变数；香的传递

　　能穿透一切物质与非物质、时空与距离

　　人有了香，才算有了灵魂与美德

　　一座城有了香才有了城市的美好内涵

7

　　一座有预见性的城市

　　才会预留、续写时代之诗并打造生态之美

　　我这样说是我深深地体会到一座城的气息

　　——它兼具工业的冷艳与理智

　　却不生冷，不枯燥；温暖甜蜜，流动感十足

　　它气质高贵；它知道以树叶的手稿

　　才能托住露水纯净的天分

　　唯有"香"才能在"物与我"的大门进进出出

　　唯有"香"才是唯一和不朽的主题

　　诸如此刻，我被风中的香所瓦解、分裂

---

① 　引自与博尔赫斯语。

一个我在流连于佛灵湖的后院

一个在莞香花的密室里听取不止不休的梵音

一棵树撑起整个森林（组诗）

蒋楠

一棵树撑起整个森林

想象在手掌上种植千亩女儿香
用一座城市的传奇为她命名
看一棵树用怎样的力量撑开整个森林

她以黑褐的身体，迎接一场场风刀霜剑
结厚的伤痂上，那也有高山的呜咽
曾吸收太阳的光芒

树影上悬挂着的时光
不被时间、危险和逆境摇落
她在自己的胞宫里完成生命的涅槃

而采香，像老天一个密而不传的仪式
锯子、凿子、铲子……

香农小心翼翼地将她从母体中取出

交给手艺的传人，为她系上五彩丝绳和佩巾
她的眼光投向我时
那永恒的一瞬，低入尘埃又高于世俗

我要保留这些，替草地、替莞香树
替这个冬至保留。在袅袅青烟中
触摸她神秘又真实的肌肤

搬运着生命里巨大的疲倦与激情漂游
像一只归巢的鸟，被风吹偏了行程
但和时间对弈，永不落败的兵卒是我

在通往春天的路上
所有的声音都是花开的声音
江岸杨柳，仿若风的静脉在吐纳、飞舞

银杏叶

秋雾浓缩山野的密度
父亲的背影在树丛中隐现

他翻检落叶的神情，犹如翻阅
叶脉之间暗藏的万物简史

一只落雁拉长远山的天际线
枝干静穆，野菊伏得更低
春天存储的一切
秋天又将平静地取走

金黄色的叶子，仿佛还沾有侏罗纪
的雨丝。它弧形的脚步，走过远古
就像我，聆听历史遗留的绝唱
独自在深巷里查询山川的余额

白果

秋天的树林里，草木消亡
时间并非静止于虚无。果实
被霜风弄丢，嗖嗖坠地的声响
填满地表古老的缝隙

它用颤抖的嘴唇向时光坦白
潜伏于朝野更迭的白昼与黑夜

内心却一直波动于史前时代
身世比青史还清白

从悉数汇聚到掌心的果仁里
我听到一段公孙的对答
作为山水残局的同居者
它始终用大地的甘苦喂养世间炎凉

枇杷叶

树叶在水中翻腾，像是找到比入土为安
更好的归宿，叶脉尚未褪尽灰绿
还原一片果林的侧影，在田亩纵横

它为树干囤积朝露与暮鼓，从枝叶间
掏出大地的另一处胸乳，而燕雀
刚想起果实的甘美，就被天空吸吮

那反弹琵琶的姑娘，音符飞出眸子
放牧繁星。树影拉伸人的魅影
秘密欲吐未吐，彼此慰藉

当季节的号令逼迫树木，在泥土里
零落为骨，它却被一勺蜂蜜诱引
倒披针形胸衣，与水缠绵、翻滚

密生的锈色绒毛，拨亮一片浅丘的
良辰，摸索着解开爱与恨的死结
空气里只余涣散的呼吸

川楝子

童年骑跨于树杈，在记忆深处攀爬
枝叶飞舞，苦楝树高过屋檐
任凭好时光激荡肺腑

从一串果实中发现未知的星系
远去或抵达，都能听懂它们的密语
在晃动中知道空气的态度和形状

它的肚脐眼长在金黄色果实上
具体到时间与空间结合
成为果皮上熟透的斑点，其中包含

泥土的印痕、风霜雨雪的暗记
老屋的两声叹息、金铃子的三口仙气
以及山水远逝时呛咳的阴影

当树叶翻开经卷，它的味道不因时间
而改变。同样的苦，笔直穿越尘世
写下人类给大地的忏悔录

品香（外三首）

阮雪芳

请你尽情地，以雪来款待我。

——策兰

沉香没有性别
离弃者背负尊贵之名
化成自身思想的解体
当我描述，语言毫无保留
或保留了什么，描述永远消失
开香即焚毁，打开无门之门

你闻到的不是香气
是物的瀑布在冲刷

礼香

同一根弦扣响
礼香者从不同的门进入
盆中清水如血，色彩愈浓
四座安静
青铜器释放灵性的仙鹤
展翅也是收拢
也是难以控制的节奏，在暗处震动
一场细雨进入枯木与新叶
唐宋的声色凌空而上

礼香之前，清洗的双手变成白骨
反复的清洗就是反复的生死
弹奏者听见莲花迸裂
玉弦振动，念头渗入梦的源泉
烟雾盈盈向无味交出味道
道在口，在耳，在闻，在听
在斋戒，礼香如同一次远行
一缕月光放逐山水

所有仪式是同一个仪式

所有一经说出

漏网之鱼便在天空飞翔

天体，树叶，悬浮的水滴

一万对眼睛在颤栗中合闭

沉睡物全身而退

（我思维的影子投射着万物

任何一个穿过身体的量子，都带走一部分的我

穿过你，与你合而为一）

闻香者各自守着古兽的炉门

无数的门是无门

再多钥匙也打不开一个无孔的孔

非此即彼，不确定的量子穿过心脏

折叠的烟雾被镶在画框里拍卖

刻录不规则的零

零度以下，负数空间哑然失声

香味这苦水吞吐肉身的轻美

向寂静深处

礼是冒犯的世界不停显现

从花瓣上聆听天折果实的尖叫

一种探测仪伸进柔软的心

无形的引力推开时间
推开因降临而迫近的死亡

礼香者在时间之外幽居
画地为牢，经验永远清零
一切释放与禁锢相互抵消
暗火焚烧，香气在最后一刻
达到顶点
上升的终又落入盆中之水
那无水之水锁住的是一叶轻舟？
一片碎镜？
还是一张脸庞老泪纵横？

品香

焚燃的香线释放出一万个水果
一万只手触摸一万个虚无
探出两个脑袋去雄辩，香通三界
两条舌头去舔舐苍凉的泪水
世代的砍伐声变成无声
相当于暴雨中寻找一片挡风玻璃
一面镜子映照无身的本体

千年在一个时辰焚烧

无形之形，无物之物

焚香就是放弃身子

放弃欲望和安抚、迷狂和爱恋

寻香的人成群结队，山林摧毁，野兽没落

生成气化的词：绿色，金丝，黄土

色彩伸出的手一无所知

克苏鲁神话反复解读我们

单独的个体——我们

封冻的口令逃离历史

蝴蝶不是蝙蝠，老子不是柏拉图

永远释放的秘密，光的代码，疾速暗流

无限加宽又无限缩小，刀痕

一个裂口在生活之上合闭

另一个继续生长

如开弦之花盛开在量子根部

仙鹤、美人、祥云

一切遁去皆万灵的孤身

藏香

藏香的人，心念念成为香品
成为终极的意义
却不知藏本身是一个问号
时间处于永变之间
处于思想之流的沉浮

全部沉香中终有一块未形成
也永远不结香的沉香
它有了性别，有了男女，有了爱
有了上下左右、天地玄黄
它长出人的脑袋，却永远寄居在鸟的体内
不同身份解构一个"人的时代"
意识游戏里的关口，如虎口
你将去往何处

行近于静止
收藏香气就是口授时间以十一维写入
所有惶惑在瞬间看见
时空不过是一个个套盒
盘踞的云朵弥散，微黯的火

当鳞翅目昆虫学家的故事讲完

（米沃什：我的声音永远不完整）

胸腔一阵隐隐的孤独

水沉，土沉，刀尖上星辰

只有少数人

在闭弦时变成另外的物质

如这一曲主歌

在你的默诵中无声化开

此刻的注视

再次消失在无形的形体

莞城有雨（外二首）

康承佳

一场雨穿过东莞
打湿了香树的轮廓
泥坑里的积水，盛满
月光和虫鸣
我喜欢在雨里，长久地
看着莞城，如同放任一场雨
在身体里远行

你听雨后，香树的伤口
在隐隐地喊疼
那经年的沉默里
藏着沉香遥远的典故
暗香疏影，就像跪在佛祖跟前
听古木讲述
度己度人的一生

莞城有雨，有香树的湿气
就像这所城市递给我，事物的漏洞
与完整性。我经由这古典的香气
去抚摸东莞的轮廓以及暖意，发现
我是它身体倾斜时，不小心泄露的颤音

公园里起风了

在东莞，每次去森林公园
你总是喜欢
给我指认植物新结的果子
借助形状给它们
取一个好听的名字

大树向暖，身披十月的气候
你牵着我，一个一个地数
那些掉落的果实
眼里装满了过熟的秋天

我总是试图理解
你所好奇的一切事物

不急不慢地去拆解和重组
植被最底层的关系

森林里起风了
树叶摩擦着树叶
发出一些好听的声响
呆住的某刻
阳光顺着树杈漏下
细碎的光

傍晚过后，我们在东莞走着

你说，得有多干净
才能配得上莞城黄昏时夕阳的坠落

落日抚摸森林，晚景尚好
麻雀踩着自己的影子
热议着人群中最孤独的那一个

香树还昏睡着
任弥散的味道收留飞鸟和蚂蚁

植物，终究对世界保持着
最温和的善意

等夜色慢慢覆盖了石马河
还没等你唱起祖父教你的歌谣
一些凉意
便攻陷了我们

同沙水库见野鸬鹚聚堆过冬等（五首）（旧体诗）

曾勇

同沙水库见野鸬鹚聚堆过冬

湖光潋滟荇青肥，八九鸬鹚坐一围。
昔日渔翁衣馔足，留它无事看云飞。

水濂山西山寺僧

大国新城别有俎，虬檐绝立抱风殊。
木阴绿到塘中水，零露滴肥荷上珠。
入暮山峦掌星看，扰眠蛙叫拥经涂。
有时闻客门前过，知是灵徒是钓徒。

占春芳 春游松山湖公园雨后见晴

春雨定，春风小，小鸟滑春腔。唱着春光真好，采来一爪春阳。
暖暖慰心肠，柳烟中，匀面新香。更看芳草从堤上，青到楼房。

松山湖春游遇雨

开襟坐石亭，漠漠复咛咛。半荡盘荷玉，一堤嘬草星。
春肥因浸润，花厚耐飘零。有子抛洋伞，绕湖捋白萍。

游水濂山

尘劳生井邑，之子走秋山。曲径稀人迹，深林散白鹇。
云浮亭顶上，瀑响岫中间。饮盏黄花酿，醺醺不肯还。

莞城写意

王唐银

1

莞香初成时，最好的女儿香
一半应留给母亲，镇定，安神，也止
岁月留下的痛

另一半，需留给这莞城的一山一水
大自然赋予的原始之绿，当然也有
提取芳香的美意

之后雨水会将每一处取香的树干都洗净
再顺着溪流，抵达湖水
雨水在这个时候最像母亲，坚持把细小的伤疤
都清洗一遍

2

细雨中，仍有鸟鸣坚持介入我们
远处烟波渐起，一只鸟儿，从楼宇间归来

它穿过树木，树就有了湿润的弧度
穿过湖水，带着整个湖面飞起

我们在亭下，抖干身上多余的水滴
穿过我们时，它停顿了一下，然后转身飞入林间

雨水珍贵。它坚持把我们
看成一株无法栖身的树

3

许多树木一站就是好多年
即便是风把湖水吹瘦了一些，也从未撼动过
"东莞蓝"的念头

一个看过莞城天空的人，在你眼中
收紧了翅膀

他一定已有了栖息的欲望

那些天空下，镶嵌于城市的绿色
同样止步于，喧嚣的悬崖
它们动用的整个童话森林，其中一个词
永不落叶

4

沿着溪水向佛灵湖走，有蜂蝶引路
路边的花朵，一朵比一朵艳丽，有很多
在北方，仍无法命名

这些花，和公园里有什么不同
忘记了对蜜蜂掩盖浓妆
像陌路知己，莞城那么大
这些水做的骨朵，将是它们要坠入的
另一个深渊

湖水纤尘不染，像从未经历轮回
涟漪清浅，一只埋首的白鹭

在视线里逗留得太久
怎么看，都充满了耐心

5

有月光的夜晚，一座城铺开的白纸
最值得书写
那些隐匿于工业建筑群下的蓝调之韵
体内有一盏灯

我们的心事如此明亮
最重的生态，就在这山河之上
落入一湖沉静之水，忽然就打开了
胭脂的涟漪

一如打开这漫天的星辰
感受这自然之美，蜕变之甜
和莞城，热烈地爱上一回

东莞新序（三首）

孟甲龙

莞香：文脉与精神的契合

莞香为红尘止痛，落日飞出鸟群
减轻东莞的招牌景色
火焰一般的黎明，带走人间虚无和硕大的欲望
为语言留住一块净地

抵达，是许多年以后该做的事
言语不会对回家的人产生偏见
无论是熟悉，还是未曾谋面

莞香在唐朝属于贡品，一座城的面子
大概如此
不断缝补破损的初心，稍带人情世故
替迷失的人，完成觉悟

如果说落日衰老需要一天，那么
亲吻黄昏，就无须囤积赞美的修辞，或许
一个舍生取义的句子，就已足够

认识东莞，是由来已久的梦
却又不忍心重逢，不是因为春天已经结束
只是担忧，素人的嗅觉
会误解一袖莞香，埋怨晚风太重

每个汉字都慈悲为怀，为了避免
仓促的发音，我特意将结构简化，莞香已成勋章
但迎客礼，必不可少

在东莞，自由与束缚隔着半碗酒
诗人卸下疲惫，倦意加速了一场睡眠的节奏
还未收拢凯旋的姿态，功名
就从骨骼退朝，我仿佛看到了
故乡的雏形

南北赴约的人，朴素而浪漫
诗人刻意隐去烟火味——红尘太浓是大忌

退至原始，以防
制作莞香的姑娘，指出漏洞

粤剧之乡

青衣，是宿命，冥冥之中笃定的安排
是比日出缓慢的缘分，恰如一句粤剧的折痕
粗中有细，让流出指缝的道行
归真，在昆山腔中
完成唱、念、做、打

梆子、二黄、专腔、歌谣、杂曲、昆腔
具备信仰的条件，允许看客
交出杂念，任何一种声腔的高度
与精神对立，与文明统一

作词人无处藏身，将一身清白泼洒在剧本
生旦净末丑，退无可退
只能把最后一场纷争，融入感动
融入暮色，柔软的

歌唱家的舌尖在此裂开，品尝一座城的味道
彩绘，或者涂鸦，都被生活的闪电
充斥，催促诗人在东莞
安身立命，与灵魂达成和解

不要试图从中突围，粤剧情节扶正
人间身影，父亲颤抖的双腿
跪下去，便是一千年的守候，为东莞迎接
吹干白昼的风暴

青衣抱怨独白太短，难以抵消
该有的抒情，艺术如谜底，破译着东莞的隐约
与潮流，没有唱出来的唇外之音
掩盖了一座城的真相

最忌讳的莫过于
方言卡在喉咙，以至于诗人很难给粤剧
还原身份，只能劝勉听众，擦掉
劣迹，为反光的城
保持沉默，增加戏份

森林之城

东莞有个性，以森林为荣
雨季更像叛逆的少年，在戏台寻找年轮
执念的东西太多——唐朝诗人
很幸运，目睹一座城动了心

每声鸟鸣都在招安，替游客挑出时代
最稚嫩的轮回
我不敢心存芥蒂，与一棵树对峙
足以耗尽所有桀骜

语言是诱饵，土壤对根须保持永恒的忠诚
无论盈亏，还是雨季推迟

落叶如序，为闪烁的爱情
奉献可能，为是非黑白透支几个汉字的锋芒
我甘愿用几世迁就
缩短故乡与东莞的距离

来日方长属于例外，习以为常的
只剩给一无所有的来客，聊赠一碗清澈

"倘若不是为了我的爱人

白昼都要失去它的光亮"

倘若那天没有遇见你，我也不会放下输赢

拾捡绿叶，用来消除怀疑

作为视线的障碍，也顺势挡住

回退的期限

倘若莞香还未成型

我就不会把记忆深烙于曲谱，形容词逐渐失色

诗人只能用

最直白的语言——如此多娇

"而月光皎洁，我不适合肝肠寸断"

问道，或者暗访，都无法独自承受

一座城的分量，名号很响

让外来人不敢清嗓，抚琴动作

为人间恩赐了些许声乐，任凭佛灵湖翻卷夕阳

粤女无问东西，拈花慰平生

莞香，浸润着东方香都的乡愁和风骨（组诗）

程东斌

1

当大唐的月光第一次洒在东莞的莞香树上
叶片间泻下的光点
便着手为莞香撰写一部芬芳简史
东莞的土地藏有黄金和香料，借助棵棵莞香树
来萃取、擎起
一两香，一两银。独步天下的香气，沽取了
多少与香为伍者最初的幸福和永恒的福祉
莞香包浆的家训，若要将其层层剥离，叠摞的香
就会泄露东莞绵延的香火
莞香鎏金的《东莞志》，一页香甚一页
香气覆盖的流年中，一座城的沉浮、烽火、悲喜
以及幡旗的更迭，都显得微不足道

有莞香弥漫

东莞的骨血就保持纯正，富有涛声

2

广植莞香树，无论是大叶香还是细叶香

叶片的光滑度，都能让月光和鸟鸣立不住脚

与成熟的种子，一起跌落于东莞的沃土

种子的破壳之音，也是种子吟哦的律令

激励每一棵莞香树苗的茁壮生长

莞香树长高一寸，东莞城的绿荫，就厚上一尺

莞香树林一再绵延，占据了东莞的草木之心

心跳是森林的，脉搏涌动如绿色的波涛

波及之处，所有的心门和肺叶，于开合和翕动间

接纳香，放逐香

当东莞的体香和乡愁的醇香，混为一谈时

香息以一粒微火的燃烧，点亮一座城的生态佛灯

3

森林里的城市与城市里的森林，是否有

细微的差别？千万种树木并不在意，只是一味地生长

唯有莞香树深谙其中的奥义

莞香树的根，扎在东莞的姓氏里

树与城的开枝散叶，就共用一种绿色的烟火与呼吸

莞香蔓延。蔓延到行道树，合拢的香气和绿荫

于拥抱和握手中，签订一纸生态的契约

蔓延到小区、广场，莞香就与人交换了彼此的心语

心语誊写在叶片中，叶片就是最贵的纸

铭刻于肋骨上，如粒粒音符

那么，根根肋骨就铸成了一架竖琴

4

莞香有两种活着的方式，以树的矗立和摇摆

而散发出的气息，为人提供了很多种

有关香的想象。比如生态的香、乡愁的香

若将其看成磅礴的绿色佛烟

那么，座座香炉就埋在东莞的泥土里

若挖土寻找，就会找到大唐的香鼎。鼎中香烟缭绕

鼎壁，铭刻着东莞的一壶山水

再深挖下去，就会发现第一只为莞香而烧制的香炉

一抔东莞的泥土，涅槃为炉

装满一腔悲悯的香灰，千年来尚未冷却

莞香的另一种活法，就是以沉香的方式，点燃自己
活在看得见的烟雾中，活在闻得着的香味里

5

培植莞香，从莞香树舍生取义开始
被斩断的一截截，是骨头，也是肉身
一旦埋入泥土，会抽出一样的枝芽
采香，犹如受刑。铁凿凿下的木头，有着
温润、芬芳的肉身
凿刀亲吻过的油脂，就是莞香最初的样子
体内藏着拥挤的暗香
等待一粒火，来一丝一缕地抽出庞大的气息
气息中，有人静坐，有人拜佛
有人动用莞香的洪荒之力，将森林搬进了城市

6

在寮步镇，香市的香气，一半是软的
软如丝帛，一再擦亮那张旅游名片
香气呵护的绿色香市，又在香气萦绕中声名远播
另一半是硬的，似刀锋

于寮步镇的文化风骨上，刻下莞香的心路历程
与一座镇的芬芳历史
从沉香博物馆到香慧寺，从香慧寺到香远塔
一个人获悉了一缕莞香被赋予的使命和寄托
穿越历史的莞香，在济世的普度中
以香气的颗粒搭建了一座浮屠
浮屠在，可登高，可望远
步入佛灵湖景区，就遁入一颗绿色的宝石中
宝石散发光亮的地方，绵延着辽阔的莞香树
我在树下一边写诗，一边等待
一位名叫莞香的姑娘。姑娘久久不来
我的诗稿却逸出香气，长出森林

东莞：森林城市（外二首）

辛翔

> 然而这城不会泄露它的过去，只会把它像掌纹一样
> 藏起来，写在街角、在窗格子里、在楼梯的扶手上、在
> 避雷针的天线上、在旗杆上，每个环节依次呈现抓花的
> 痕迹、刻凿的痕迹、涂鸦的痕迹。
>
> ——卡尔维诺

我不止一次听说过"森林城市"，一个概念移居在另一个意
义上
无数树木和楼房觥杯交筹
长长的回声从远方，溶合为神秘深沉的一体
有人出来，有人进去
像劈柴，用尽所有的词，准确无误地劈下去
把这薄薄的生活打开

温暖，或者紊乱、花开，雨水丰盈……花落，东莞有烟花节
雨水在玻璃上流过，是悲伤，还是欲望？

太多次醒来

听见镜子里风吹草动

时针，在半夜偷偷搬动我们的模样

朝来看云，晚来听雨，梦境反反复复

莞香，升起了影影憧憧，它不具备准确，却有事物的无限扩张

回头看时，才发觉：整个山河此时的静，有一种寂寥的唱腔：

灯火和河水相融，城市与落叶相衬：倒立与反驳

从流动的气象中缓缓吐出

汽车的声音、树木的生长，雨水和情怀

永动中的不动——

是雨天的阳台，从漂浮的风叶上生出明亮的小令

我们谈及的一切都是昨天，在视野的尽头，看见，即消失

在东莞，时间中另藏时间

微风任意东西，柳影摇缀，花木扶疏，漏窗空灵

城市和森林，偶然在清晨，几声犬吠声

什么东西忽然疏远了

我们的陌生都长得一模一样

莞香

十只猫并排站在墙顶看一只飞鸟
这也是一种深刻

生活的实在早把言辞撕得粉碎，承诺也成了随喜。

那天
我彻底忘了一切，写着不知为谁的诗，句法混乱
楼上一对恋人吵架
哭闹声停了
男的脚步声走来走去，女的沉默
不知不觉，笔下的词语跟随这个节奏（更加不知所云）
突然间想起你说的：去喜爱我们创造的混乱

草色斑斓，静物，可以进入每一场梦境，但我们不能。
它们是不动的
即使大风摇动了它们，它们也会在那个摇动里保持静止
看似随意
却是固执
你说："来呀。"绿野充盈，我们身体里乐器翻滚
那么，什么是最值得回忆的?

我只记得：

电话亭里呆住的那刻

爱的证据被十多个盲音销毁了

诗歌易老，《荒草经》曰：苦乐都在草尖，春放、夏阻、秋敛、
冬止。

多年后

印象与日常的时差落下身体的空洞，我常在美团上下单

只是，高峰期

点的悲伤迟迟没到

快递小哥和诗人，都急得不行

我在窗前

点燃一炷莞香，轻烟，虚拟一场戏剧

却念不完台词

意识流会被语言的本性卡住——

语言是些石块，前一秒雷同，后一秒分离

空气中有瓦解的可能，你的手，松弛了飞鸟身体里的秒针

拥抱过后

我们缩回自己身体

分裂、再生

霜降吞噬颜色，蝉鸣留下空枝

年久失修的舌头

被打上猜疑的绳结

一个人越孤独，事物就越辽阔。你的微笑

像弯曲的钟表，把我这静物身上的直线硬生生折断了

"你身体里住着一个鬼。"算命先生说。

通用之物在日常消失，弦乐比背影更孤独，回忆精准爆破——

一想你就头痛

阳光把我的影子推进烟雾

草木和悲伤一样葱茏

丙烯酸树脂与各种纹理相互塌合，从而形成描述上的"控制

混乱"

我解开

舌头上的绳结

但不说话

莞香混和日常与非常

像一种"术"

浮罄

寂寥，时常从冰凉的水域流过我的手，像童年时的医生
拿出听诊器放在胸口
他说
我的肺部有杂音
那时不知道的意思，现在全明白了

我不知道这一生过得如何，是不是默默遵守着平均律？
闹钟响的时候起床；时间到的时候吃饭；下班之后买菜、回家
有时，路过河边会坐下来看白鹭
它们站在水里一动不动
仿佛整个时间都停了
只是展翅的时候，像打开一个不真实的事件
我害怕它把我拖回某个时刻

一个人无论怎么小心都会留下痕迹，给自己设置路障：猜疑、
解释、无法释怀
我时常
用一些奇怪的词磨牙，直到，一个名字填满我的病历

这些年来，我整夜整夜喝酒，攒下不少遗忘

喜欢把头埋进河水里体会窒息的感觉

水漫过耳朵

就不会听到有人和我坐在河畔说："瞧，白鹭飞起来了。"

上午，收到 85°的电话：先生，您半年前订的生日蛋糕，请来店取一下。

我讨厌揭短的人

倒像是自己满怀心机地把从前的一块拼图藏在手心

如同我讨厌栀子花

常避开而行

你走以后，我爱上了捏糖人

这些可悲的事物被软化，慢慢在我手中成形，随意一吹

就有了飘摇的面孔

像我不知不觉说出的话，毫无意思，却有意义：在一场残酷的命题里拨乱反正

如同你的长发，总带着栀子花的香味

春天的最后一个夜晚，我总把自己喝醉

推着车，来到繁华的闹市，在人群喧哗和灯光幻影里

做一个手艺人

听别人赞叹我捏的糖人千变万化

只是，有一天
一个小孩看穿了我的把戏，他说：你捏的
都是一个人

我从遗忘里打捞你的面容，每一次，都不一样

在东莞，所有美好都不会消失

杨晓婷

1

在东莞，我有理由相信
所有的美好都不会消失

2

一泓湖水如何保持碧绿
如何成为永恒的天空之镜
这是绕湖三匝或静坐湖岸
需要长久沉思的问题

一泓湖水的博爱绝不仅仅 + 是
照出不同天气的你我
还需要映照白云、飞鸟、植被
和所有掠过水面的自然万物

3

天空呈现水洗的蓝，这是东莞固有的颜色
这是"世界工厂"献给大自然的博爱
那里有理想的棉花糖，微风吹动海面的微澜

在东莞仰望天空和靠近一面湖
都形同靠近一座慈悲的庙宇
怀有与佛交谈之心，一个风尘仆仆的人
在清洗自己

4

莞香不是传说，几千年前燃起的香火
如今仍然让一座城市保持着草木的清香
蝴蝶像枚荣光的肩章停在劳作的肩头
童年有可编织的花冠，有可捉迷藏的树林
水声清脆，每一片颤动的叶片里藏有歌声

这是东莞，早已建造了绿色命运的东莞
有绿水青山，也有浓浓乡愁
制造人类所需，也制造万物所需

5

东莞有古老的香气，有深藏经文的佛灵湖
我们走路，闻香，念诵一面湖水的禅意
"在有形无形之间　　调息、通鼻和开窍"

在东莞制造的湖里垂钓东莞制造的天空
落在水面那些闪亮的碎片，献给
内心有大雾的人

栖居诗意的城，不负此生
——为东莞森林而作（三首）

张绍民

树下木椅上读书

树荫下
一张木椅
坐在上面读书

树很好奇读什么呢
木椅喜欢读书人被书中的光浮起来而不给椅子压力
椅子木头里面的枝繁叶茂支撑着宁静
一本书纸张深处
积雪中隐居的绿
觉得树变为救赎之书的使命光明
人生说明书让一个灵魂得到永恒归宿

树、木椅、书本，爱的三种付出
爱派出三个动词
建设人间值得的美好画面

树下，木椅上，静静阅读
树叶风中落下书签
书读懂了心

梦喜欢泡在森林的氧气里

森林多
喜欢打盹、睡懒觉
氧气作为树木的巨无霸脚印
自由惬意、肆无忌惮
出入鼻孔的冒号散步
顺便打扫身体庭院
梦喜欢不离开人体容器
就能溜入森林泡着
泡茶一样
泡出神韵

呼、吸

两行史诗

两行炊烟

身体里烹调好它们就幸福无比

因为有强壮的森林作为乐谱

神在隐秘处烹调好呼吸送给人作礼物

心城

在现实中静坐、穿行、劳作

仰望天空

城市像巨大宠物讨人喜欢

街道上传来好消息

如甘泉

灌溉今生不虚此行

活在这美好的城

心中有另外一个天地

新天、新地、新城完美神圣

生命河穿越城中央

河两岸，树像医生用树叶医治万民

谁在我们心上栽生命树

谁在我们今生给予森林，给予一座城树叶风中的笑声
接受这恩赐，顺服生命的馈赠
一颗心接受城的树叶永远摇曳
就接受了不可动摇的理想永恒
此生大树顶天立地
树尖天高云淡崇高令人敬畏
此生阳光大好年华，得到了树的鼓励

发现佛灵湖（组诗）

林汉筠

在佛灵湖前叩问天下

佛灵湖眨下所有的眼波
潜入湖面
熹光
抬高了一方山水

杨柳，装备精良
却被几声绵绵的鸟语　打落得
软弱无力

寮州，挥动握了八千年的笔
写下
三千个春夏轮回
三千个湖光山色
写下

比翼齐飞

写下

关于满山的半首艳诗

一滴露宿在荷叶上的蝉

挑起唐诗，修剪宋词，谱写元曲

用夹在榕树里的光影

对峙

"愁予十里鸡声"

佛灵湖，沿着那声清鸣

丰盈一座城市

千年遗韵

在一棵树边扣下江湖

写下森林，就有湖面的那颗星

——月亮与动物的交流

树与树的对话

水波展开的图画

依旧是那样的相濡以沫

城市用探照灯

剔开森林一页页的厚

用作揖的方式

言说

然后用"风度"的词语

描绘江湖

在佛灵湖发现一块古木石

将一面镜子从叶脉中涌动

无尽的呼喊

最后一抹灰烬

火光与涛声

用呼啸的方式融入了巢穴

时空遮住

疼痛遮住

牛哞羊咩遮住

落入光影的蝴蝶

和牧笛

在匆匆的脚步里

遮住

在佛印池向晨珠致敬

一滴晨露，划过草尖
用上了晶莹剔透的成语

湖，打开幽深的经文
用蓬勃的语言
张开穗花彬、铁苏蕨
褐翅鸦鹃、黑鸢、红隼、仙八色鸫
他们互相作答
像调情，像诉说，像讲述
一湖水的今生前世
他们一直住在这里，筑巢，修铺
没有迁徙的迹象
满湖都是天使的声音
默诵树冠，天朗

大榕树微醺
虚掩的大门
流出清美的线条
而我在乎的是那滴晨珠
合十，向城市致敬

在佛灵湖发现两只黄鹂

老榕树是你的天堂
声音在风中婉转
向阳，有展开的翅膀
面对湖的中心
有无尽的歌唱

相遇，相望
对于两只黄鹂来说
故事被赋予
这座城市优雅的表情

他们来自哪里
他们又去向何方
《庄子》没有讲
《圣经》也没有说
他们用了一湖水的能量
让森林不再孤独——
让佛灵湖泛起波澜

佛灵湖问佛

1

与这座山娓娓而谈的是一阵太阳雨
像已调匀的水墨
挥洒
微酥，抬头，张眼
光芒穿过，仿佛新生

青烟已经缭绕
头微垂，默念
纳福，膜拜
我们互换吟咏
将诗歌化作祈祷

2

把月亮揽在怀中
山会显得更高
水会显得更深

佛灵湖坐在那里指认旧时相识
一片时间的釉　在树梢

一挂就是万年

黑云恍若音速，磐石依旧打坐
讨论该不该预告这场小雨
唯有微风抚平褶皱和断层
传来远方阵阵酥香
玉兰拈出一道白光
山茶久久出神，念叨瞬间的发情
星宿们喝着闷酒，脸埋在胸口
花草树木都在生育
蝉鸣　编织时间
经声正此起彼伏

有鸟飞过，佛灵湖仍旧漫不经心

梦中的涟漪（外二首）

孔鑫雨

走在草地上，用脚掌的温度
感受泥土的冰凉与青翠

心海轻舟微荡，痴心呓语
把爱的流火，散落在大地心房

云烟深处，谁典藏了缠绵的情丝
让我穿梭在山水间，寻遍你的足迹

月光撒落青山的孤寂
莞香灌醉陌上红尘

夜色空灵，一片叶子用体香
叩开相思的重门，融进佛灵湖

梦中的涟漪。用弦月的韵脚

画地为牢，彼此在越泼越旺的

爱火中挣扎、煎熬、欢愉守望
我痴恋于你眼中装满山河的风雅
和笑容中十里春风的恬淡

假如把我残缺的余生变卖
你可愿意收留一缕游荡的孤魂？

在颤动着的字里行间里
我将化作滴滴小雨，溶解在你梦幻的
舟楫上，让浪花呈现的诗意成为最佳

伴侣，我要用一根心弦
拨动远山的白水飞雪
看岁月洁净的牙香，铺满相思渡口

佛灵湖之恋

夜空如初生的婴儿，安静祥和
湖边的香樟树吸纳着露珠

它嫩绿的手臂就像宽厚的
手掌，把你的生命线与我

连接在一起，我仿佛看到了你
含星的眼眸，倒映着彻夜的温柔

青山把夕阳掩藏，浓雾飘洒而下
夜来香在你的必经之路，绽放

树木阴绿，颤抖的枝叶谈着
不为人知的私语。向前世借一抹朱砂

用浮光掠影绘就一幅水墨画卷
我们在尘世间把千年的情仇

收容在一颗星辰内。百草在
月下轻吟，那薄纱状的衣衫

压住岁月，在流年的渡口沦陷
流星划过，天空中出现你的笑脸

我许过的每一个愿望，都没有辜负
辗转难眠的空夜。你说雨是心中的浪花

清风倩影是你心海里唯一的帆船
山海相恋，湖水解读身体密码

一对海燕扬空飞舞，几世轮回
梦更加难忍，在眼泪落下之前
我早已化作雨滴，把你的眉眼吻遍

正与反

春雁飞翔起来，总能给人捎来希望
雨后泥泞的小路，就算美得像一幅
油画，也会被干净的鞋袜所嫌弃

目光和内心不能同时感知一种美的时候
美和丑，只是一面凸镜的正反面
月落酒醒时，昨夜便是被晨光抹去的部分

假如寂寞是我在空旷的人世
追求完美的一种解脱，那么梦境里的纠结

是不是被现实生活锁定的苦难？

沿着你走过的河道，捡拾远天
遗失的花瓣，眼眶变得柔软
只需一粒沙，它就会掀起一片汪洋

失落，郁闷，甚至麻木与绝望
这些词藻都潜伏在记忆中
像一把利刃，把我内心的河流切成两段

生命处于游离状态，我该如何抗争？
用风骨和柔情？闭上眼睛感受风的方向
曾经荒芜的灵魂，已经长满了花草

头顶香草的名字，编织大地一片绿荫
（外二首）

孙中华

"莞"字没有了草字头
就失去了绿意葱茏的岁月
行走得再远，仿佛云朵没有根
站立没有脊梁
耀眼夺目中迷失了你我
——我从何处来

一棵莞草顺着一条河流行走
佛灵湖的鼻息葱郁起来
林荫下的脚印，一年年发芽
眼含悲悯，露水携带阳光和芬芳
"下莞上簟，乃安斯寝"
从汉墓候夫人垫到明清豪门席
平凡的莞草，铺出脚下一片绿荫

茎蔓朝天，根须结绳记事

用绿色的名词、动词和形容词

在观音山日日与山水坐而论道

看绿水青山都是金山银山

听听虫鸣，安抚喧嚣的是泉水的灯盏

东莞，这个郁郁葱葱的地名

多像一片阿司匹林

治愈浮躁的内心

一个头顶香草的名字，有阴柔之美

身子里有无数年轮转动

生出翅膀，心会走得更远

牙香街，让草开花，让香结果

牙香街太小，走在牙香街

就像走在一只蚂蚁的化石里

牙香街太大，走在牙香街

就走在了隔世的繁华里

凹凸不平的青石板路光滑细腻

脚步趔趄，莞香熏得游人醉

如同攀爬在历史的山脊
古香古色的青砖黑瓦都有一个耐品的名字：
台湾好香馆、富山檀香、香佬李莞香、岁月沉香……
从牙香街走来，身带香味儿

在心里燃一炷莞香
从丹田里出发
甜润悠远，香气清婉，气清而长
让一匹狂奔的黑马慢下脚步
喧嚣落幕，让草开花，让香结果

莞香树有佛的慈悲心

孙女一出生
爷爷便把一粒莞香树的种子种下
到了上学的年龄
8 岁的莞香树已成年
爷爷的斧凿告诉它
要担负起一个家庭成员的责任

开了门的沉香树袒露着身体的秘密
风吹雨淋虫子叮

咬着牙，在溃烂的伤口里
结出坚硬的香，一年又一年

换回小女孩的读书钱
换回一家人的柴米油盐
终生用眼泪报答前世欠下的缘
莞香树啊莞香树
千疮百孔的肢体
长着一颗佛的慈悲心

香润天下（排律组诗四章）

洪之舟

（共分《天赋莞香》《沧桑弘润》《紫萦九天》《香馥天下》四章，依词林正韵，各章分押"香、润、天、下"。）

天赋莞香

乾坤毓翠轻岚浥，莽莽林涛泛瑞光。

遥看岭南生秀木，尽将涧水化香江。

立根硗瘠^① 柯枝茂，仰面天穹绿叶飏。

苦雨凄风凝馥郁，黄箬褐骨历沧桑。

寒溪^② 舟楫春波漾，寮埗^③ 云霓炽暑长。

---

① 硗瘠：土地坚硬瘠薄。亦指瘠薄之地。

② 寒溪：指东莞的寒溪江，是常平、横沥、东坑等镇区的母亲河。在交通还比较落后的过去，这条河一直是茶山、东坑、寮步、横沥、常平以及上游居民的交通大动脉。

③ 寮埗：东莞市寮步镇，位于东莞市中部。是著名的中国香市之都的所在地。

鬷鼎^①春秋铭汗简，博炉^②汉赋吐芬芳。

莞城一缕乃新发，朱火千年遂滥觞。

袅袅青烟明月寄，幽幽玉影古弦藏。

九州皆觉风含露，宫掖犹能紫绕梁。^③

休问芳菲何处觅，此香过后再无香。

沧桑弘润

风销绛蜡袅云霄，邈远瑶筝金石韵。

幽院丹屏曲巷喧，洞房花烛佳人近。

中秋熏月竖灯笼，寮埗赶圩^④染客鬓。

沧海商舟泊莞城，牙香古市闻芳讯。

东倭觊觎华英摧，硕鼠馋猞^⑤香焰烬。

今日神州玉宇澄，旧时堂榭馨风振。

东江水碧樯帆悬，南国林深云岫峻。

一缕青烟尘梦牵，半壶茗舌虑思隐。

---

① 鬷鼎：鼎名。即春秋时鲁国所铸谗鼎。
② 博炉：特指博山炉。
③ 九州皆觉风含露，宫掖犹能紫绕梁：明代的鸡翅岭村《汤氏族谱》对莞香的记载"其出异于他处，故九州之远，京师之人无不以为天下第一香也。"
④ 中秋熏月、寮埗赶圩：中秋熏月是东莞民间的香俗之一。每到中秋，寮埗的香市就开始热闹起来，来自东南亚的客商云集寮埗。
⑤ 东倭觊觎、硕鼠馋猞：指清末时期，日倭掠夺东莞的香资源，加上贪官污吏的巧取豪夺，使种香人积极性严重受损，莞香树也濒临灭绝。

紫萦九天

蓁蓁^①南国翠微处，清氛紫气入云巅。
篆鼎逸尘九万里，铜盘承露一千年。
罗浮雾霭含香馥，湟水^②粼波涤玉纤。
临牖观山思绪静，垂帘燃炷雅风旋。
东坡举箸当乡客，太白飞觞做谪仙。
幽径筠风引玉笛，歌弦舞袖绘花笺。
古街香道声名远，商贾市廛熙攘穿。
一盏一炉容世界，一琴一曲润丹田。
绵绵薪火墨规续，煜煜长河文脉延。
香泽人间春意暖，凤翥龙翔竞辽天。

香馥天下

莫言蟾月^③桂花芳，南国沉燎沐九野。
黛瓦青砖踪迹留，街头巷尾霞晖洒。
馆堂庙宇紫烟浮，亭阁楼台修竹雅。

---

① 蓁蓁：草木茂盛的样子。
② 罗浮、湟水：罗浮指罗浮山，李白、苏轼等历史文化名人均到过此地，并留
　　下作品。东江，古称湟水、循江、龙川江等，珠江水系干流之一。
③ 蟾月：指月亮。

作赋吟诗人若仙，谈经论道景如画。

啖尝荔果宜倾怀，巧制莞肴^①好走斝。

扑鼻馨香沁寸丹，清甜韵致冠华夏。

膏炉寒室看兴衰，玉磬幽窗明得舍。

香远塔^②前瞻未来，牙香闾里^③传佳话。

千帆碧影海天通，一路征程虹彩架。

篆火绵延日月长，祥云弘覆香天下。

---

① 莞肴：指用莞香树叶或香料制作的菜肴。
② 香远塔：香远塔坐落在寮步公园的小山上，整个寮步镇尽收眼底。
③ 牙香闾里：指牙香街，是东莞市的国家级非物质文化遗产老街。

佛灵湖写意（组诗）

文曼若

1

写下"佛"，与水结缘，便可
立地成佛。佛灵湖的水，一滴一滴
浓缩着禅意，把水放在掌心
双掌合十，水便盛开掌中莲花

更多的时候，水是往内心流的
群山的绿，被鸟鸣轻轻唤醒
细碎的水声，有禅音的波纹
你不说话，水便停留在佛灵湖的湖面
你若想飞，需要借助鹭鸟的翅膀

佛灵湖的黄昏，草木皆有佛性
沿着绿道漫步
草色储满寂静，花香裹着蜜甜

成熟的野果压弯了枝头
我看见水得到山恩赐的神谕
变得轻盈，飞成了天边的一朵云

2

写下"灵"，一双眼睛灵动起来
一座小镇灵动起来，寮步——像一个
奔跑的孩子，在佛灵湖，追逐一只
色彩鲜亮的蝴蝶

山，在不断拔高绿色的诗意
生态文明的乐章，也被松树和柏树
齐声朗诵，而飞翔的鸟儿
扛着轻巧的摄像机
拍摄一朵云被蓝天养育的全过程

在佛灵湖，我感觉自己是
那样的渺小
唯有把眼睛里的海变得和湖水一样蓝
才能获得太阳颁发的签证

当一颗心的高度接近一座山的高度
那么，他眼前的湖水
便可以收留鸟鸣，留宿水草
甚至轻如薄纱的月光
也能在此驻足，修行打坐

3

写下"湖"，大美的生态有了
小小的祈愿
群山从佛灵湖抽出湖水的宁静
修补拔高的澄澈与辽远

东莞生态文明之城的绿色理念
在佛灵湖，有了一颗心
内心的清泉和感恩的水波，汇聚的
蓝色信仰

每一朵花都有了装扮春天的任务
每一棵草都有了倾听鸟鸣的义务
那些把山的清幽编成童谣
把水的碧绿唱成赞歌的

蝴蝶潭、风月亭、佛印池、
和香阁、问天台、鸟语林等景点
怎么看，都有身披佛光的美

在佛灵湖，时间被静止成一滴水
即便你的心内涌动着爱
也是在唱，生态文明的颂歌

4

我像一只小鹿，奔跑在湖边的绿道
松木的清香散落在野花中间
有几朵性子野的，把花开出摇滚乐的雄心
更多的，和青草一起
安静地守护着自己的方寸家园

随手抓几把鸟鸣
扔在佛灵湖的湖面，你能听见德彪西的交响
或者，让蝴蝶载着清梦飞行
蘑菇也想加入其中
急着与松树撇清关系

阳光顺着鸟语林的缝隙照射进来

阳光抱着一只调皮的野兔

像抱着自己的孩子一样，把它送回寂静的山林

我，假装没有看见

5

没有那么大的理想，只想这样

左手边是荔枝林，右手边有龙眼树

在佛灵湖，我是果树林里的王

说我是仆人也可以

照看青山绿水，为鸟语花香服务

自己种野菜，吃素

想撒欢就尽情奔跑，想安静就找一个

没人的地方，躲起来

和一棵小草说上半天的话

尘世对我不薄，我定感恩回报

荔枝里有我的功名

龙眼里有我的仙境

我写下的那些文字，更像一个个泥娃娃

白天在山上砍柴

晚上就坐在星光下，读流水的诗经

6

这是黄花风铃木、腊肠树、落羽杉
这是串钱柳、垂柳、宫粉紫荆、白花紫荆
以及台湾栾树、凤凰木、勒杜鹃

它们都是我的亲人
风一吹，它们的名字就在湖水里荡漾

每天念一遍亲人的名字
时间久了
我的心上就扎下了
草木之根

大亚湾东莞行吟（四首）（旧体诗）

文中华

大亚湾东莞行吟

粤曲枝繁引紫箫，南天正举疾风雕。
大湾域绘连珠策，远水虹飞跨海桥。
为义常将旗帜举，育人能把德文昭。
千年古邑沧桑印，笛彻云衢汇涌潮。

鹧鸪天．伶仃洋新咏

吹湿天边气笛声，穿空海浪晦犹明。
公曾黑夜逃离乱，涛卷孤舟搏死生。
千载梦，万家情。有知公更叹伶仃。
卧龙入海浮鹏举，熠熠明珠串一绳。

鹧鸪天·访东莞观音山森林公园

此路行来景万般，酒香凭借好风传。
一张名片如金彩，十里山峦有韵环。
真境界，小桃源。时闻禽鸟唱悠然。
淹留东莞藏青梦，恋此人间水一湾。

鹧鸪天·咏东莞

大幕徐开天地间，无垠秀色绕风烟。
和风染绿千家梦，喜雨催红百里滩。
开画轴，赋诗篇。千年古邑起波澜。
当初撒下殷康种，蹭蹭高楼叠翠边。

东莞，东莞（三首）

郑德宏

寮步香博园

行于寮步香博园
步步撩人心弦——
尾随的香，弥散的香，
光天化日下的香
让每一个人
看上去都像一只香囊

这香气是撩人的暗器
会让你长年沉睡不醒
你须深呼吸，气沉丹田
你看到的——

木头是香的
陶罐是香的

铜是香的
铁是香的
纸扇是香的
针线活是香的
发夹是香的
梳子是香的

梳子上面的一粒虱是香的
虱上面的一粒光阴是香的

古人是香的
今天的寮步人是香的

红嘴鸟是什么鸟

红嘴鸟的嘴是红的
叽叽叽，哆来咪
唱的都是红歌

红嘴鸟的脚是红的
跳一跳，扑扑扑
根正苗红

红嘴鸟的羽毛是白的
天堂里的那种白，翅膀一扇
抖落一地碎银

红嘴鸟降落到东莞城的沉香里
不肯离去，做了东莞城的家鸟

东莞，东莞

北广州，南深圳
东莞居中，山有观音驻守，往来无白丁

茂林修竹或车水马龙，闹市中
谈笑有鸿儒，一杯茶的工夫，约等于一堂语文课

做一个东莞人有福了
快节奏静止于慢生活
当你回过神来，东莞莞尔一笑

佛灵湖（外二首）

布日古德

寮步，远古的石锤石斧
一锤一錾，锤錾成今天的大氧吧
空气里每一粒负氧离子都像蒲公英的伞花
几十里的霞边、凫山、塘唇村
用一怀绿色，挺起心胸

寮步啊，你在佛灵湖的怀抱
岭连岭根连根水连水，塘唇伸出舌尖
五千年就是大中国的美味儿。塘唇
跪着的佛灵湖桅杆升起，鸟雀飞起来
朴实的美就在早霞的蛋壳里蹦出

佛灵湖，岸边
岩石的缝隙里是埋着
爷爷、父亲与我胎衣的圣地
我仰望的理由，只有泪水和爱

这岸边也有地丁花

这五颜六色的小花啊

都是无名的英雄

阳光里、晨光中、霓虹灯下

圣灵的夜晚，水和鱼，还有我们

都是香火里沐浴过的神

寮步竹林

郑板桥的扇子

也比不上寮步的竹林

一场雨就是最美的成语

——雨后春笋

穿过竹林

曲径通幽的七孔桥

白娘子和许仙暴露在光天化日之下

一行游人依着桥栏

一行游人泛舟在湖里

寮步的湖水和蓝天吻着

每一根竹子都回避了

摇曳和惬意

竹林从南到北，由上至下
翠绿的情感从七孔竹笛中吹出
每一个音节以及每一个柔情蜜月
小动作、大动作均在青山绿水中醉倒
寮步的竹林有清风，像梦
有白云像纱，也像哈达

我在寮步围着篝火
走回春秋战国，走回先秦
也走回东汉、大唐

莞香

入水即沉的性格
从黄泥土的山石之中
历练、磨难是一种痛苦，也是
一种泥土里长出来的幸福

白石岭、鸡翅岭
百花洞、牛眠石诸处
不失为正。生结、熟结

——有多少人啊熏衣静坐？

虎门镇雅瑶村
一株百年莞香树
根系竟在神话与传说之上
这里的石头可以作证
虎门销烟的林大人就像
不远处这一棵大树
——香气十足

清溪银瓶山（五首）（旧体诗）

范义坤

清溪银瓶山

磴道犹闻百卉馨，白云瀑溅暮峰青。
飘来幽涧飞莺啭，掬取清溪洗耳听。
极目芳畴连碧宇，扬帆笛韵触襟灵。
潮生但见大湾月，正遣春光入画屏。

登东莞观音山

胜境嵯峨仄径凉，南天空梵涌韶光。
含烟露润莺声巧，溅玉溪清瀑练扬。
千里卿云朝宝像，满襟诗彩郁花香。
登临无限沧桑感，付与禅心一苇航。

游东莞可园

拂面葱茏奇境开，洞天别具远尘埃。
鸣琴风触澄塘梦，履迹秋阴石壁苔。
通达襟怀超世表，幽深文脉出庭隈。
邀山阁上飞檐度，几朵云携鸟影回。

题东莞女儿香

鸡翅山形胜，卿云茂竹苍。
熙春闻巧啭，名木毓奇香。
地尽华南美，梦添宫瓦黄。
至今思嫁女，此物不能忘。

访东莞鸡翅岭村

大岭葱茏画里行，傍溪云日正新晴。
名村花露初粘袖，翠竹人家欲住莺。
引种源由汤氏起，分阴绿向岁寒争。
莞香郁勃来时路，万点春从雨后生。

东莞卷轴，或一册厚重的史书（组诗）

鲜红蕊

写意一种东莞之光

在镭射的光束下，明亮的车间一角自由、匀速

运转着的机器，发出微弱的声响

接近于零分贝。偌大的工业区

装备制造车间高举高打，以自动化的工业臂

掌管着一尊尊巨大的大佛。如果说

用一种光去形容另一种光，去追逐另一种光

在密闭的车间里，堆积如山的产品

正有序地通过自动化出库系统，完成一个个海外订单

半小时后，它们将出现在轮渡上

比这些庞然大物更为精密的是一个个微小的电子

在精密的王国里，每一个焊点

每一个极管，每一条集成线路

都集束着澎湃的能量，都以脉冲的热量

在冷酷的成品件里，书写着自己不羁的篇章

东莞，一座世界性的工厂

井然有序，以每一平方米上的热能

储备、供养着汹涌的人流

每一个人，每一个产品生产线上的一环

每一个拓片上，每一条流水上

都在写意着一种快速、精准的东莞之光

东莞，在森林城市的卷轴上展开……

缓慢地舒展，悄悄打开自己

如展开一座城的卷轴，在河流的两岸

在一座座山峦的深处……每一朵花，每一株风铃木

都在春风的引领下，一路沿着山坡

高歌，带着家族向上攀登

东莞，大地上每一种植株都是一个孩子

都在绿色的屏障里，生根发芽

在有着特色湿地生态圈，银瓶湖、东清湖、清湖头

每一片湿地的背后，都有建设者的汗水

浇灌、滋润，他们是大地深处

最美的神，最大的土司

如今，一幅东莞的大型卷轴

立体呈现在市民面前，以草木的葳蕤、花朵的芳香

引领着人们曲径通幽，深入荷花的内部

一个个被命名的"广东省森林小镇"

星罗棋布，分散在东莞大地上

正如天空中星星的分野，明亮而团结

东莞，在世界橱窗前打开自己

一双鞋子，高傲地展示着自己的曲线美

在明亮的展厅里

在透明的展柜里

来自东莞的一双高跟女鞋，让人爱恋

它的美

它的自由

它的形状

没有一种玩具，能逃脱孩子的眼睛

在天空

在人造的海洋

在百米的赛道上

每一个模型都令人痴迷、沉醉……

向上的，奔跑的
上演一次速度与激情的比赛

这些从无尘车间走出去
这些从每一个人工的温度上组装来的
它们是东莞的一部分
微小的心，或者是一粒分子
成群结队，组成一个庞大的王国
装进轮渡上，扬帆远航

而一扇东莞的橱窗悄然打开
在明亮的物品上，一束束阳光在打磨，
在摩挲……
在向世界展示着东莞的美丽侧影

东莞清溪森林公园笔记（三首）

向武华

一只山蚁停在狮子岩的巨石上

此刻，停在狮子岩的巨石上
除开我，还有一只黑色的山蚁
两个过客，互相打量
这是宇宙的偶然安排，还是
一种必然设计。就像自然之母
创造了一只蚂蚁的复眼，那么漂亮
还有精致小巧的触角
为美女所羡慕的小蛮腰，丰满的
卵形腹部，还有那纯粹的黑色皮肤
闪着铀矿的光泽
我们无法交谈，仅凭猜想
一只蚂蚁也会歌吟这里的风光
否则，她们不会结伴群居在这里
她，这一只蚂蚁单独跑离队伍

来到这块巨石上，好像不是寻找食物

更像是一次无所用心的无用漫游

我是说，一只山蚁完全不会妄自菲薄

她巨大得像另一座森林

如果我们能进入她身体遨游

其中的山洞、深潭、泉水、树木、峭壁

不会亚于这座森林公园，宇宙暗藏了

所有的神奇，在最微小的生命里

都会有星球一样的旋转和回响

而我在浩瀚森林的镜照之下

知道自己多么卑微，形如一只山蚁

看到人的"小"，了解山蚁的"大"

这是森林公园的无言教授

黄茅田瀑布的一个侧影

看起来这个世界越来越丰富多彩

每个人拥有的东西也越来越多

有时，特别是被撞击的瞬间

又会觉得空荡荡的，一只鸟宁静的

鸣叫，都会让你觉得自己十分贫乏

一无所有，失去的东西太多了

在清溪森林公园漫步时

你会有一个接一个惊喜的发现

那些你以为永远也找不回的东西

森林公园都帮你保存得好好的

譬如一棵粗大苍绿的大樟树

同村头的那棵大樟树不相上下

似乎更加古老，生长得更加自在

一条蜿蜒而下的溪流

让你想到乡下铺满月光的沙河

这么清澈的水，已经越来越鲜见

幸好啊，森林还帮助保存了这些

一只鹿的眼光，豹子皮毛上的涟漪

红嘴鸟翅膀扇动的花纹

也许这些还不算什么。在森林公园里

有时你会迷路，但你并不害怕

你似乎觉得自己也有了大象的鼻子

可以嗅出回家的小路，甚至

在迷途中感到豁然开朗。你看到了

黄茅田瀑布的一个侧影，感到全身

都被照亮，变成了一只细小的萤火虫

沿溪水溯流而飞。是的，那是消逝很久的

一个侧影，回头看时

多么像一根根童话的琴弦
只有在这森林的深处，这些琴弦
才会再次被拨响

禾雀花停止了啁啾

在清溪森林公园的峡谷里
每一朵禾雀花都是一位哲学家
禾雀花的前世是一群禾雀
她们意外地闯进森林
在一根粗壮的长藤上，她们集体
地失去了声音，不知是什么力量
让她们不再啁啾，变成了一朵朵
沉默的花朵。我不认为这是一则童话
在森林里，浮躁的我
也愿意放弃讲话，我更乐于
观察和学习，挣脱自己
向一只离群的白鹿学习胆怯
向一条浮出深潭水面的鲤鱼学习呼吸
向一只小松鼠学习警觉
向单腿站立的琵琶鹭学习沉思
向一根枯枝学习禅定

向跳跃的山蛙学习天真。在这里
我找到了我诗歌的节奏
每一片阔大的树叶在脚底下
都会成为一个恰当的词，让我踩
上去，那些词会神奇地让我
感触到她的软硬、轻重和冰热
然而，我不愿意抒情
在森林中，我更希望自己
像那些禾雀花成为一位哲学家
忘记了所有的语言
只有眼睛一天天变得
比山溪还清澈、明亮

城春草木深

于小尘

1

叶子。花朵。重叠的词语。河流
追随一场雨的仓促
我尽量向人生的高处行走，向一片森林行走
东莞这座城市在我身后

就像一只钟表，在摇动着时间
就像大地上的刺青
在还原不曾相遇的潮水。云彩和太阳都很轻
很可能，只需要走路的声音，就能触碰
存在了很久的秘密

时间：黄昏
在深绿色的词语里，在月亮的锋芒上

我踩着高跟鞋，跳舞
踩着江水，写出饱满的谷物

2

说广府方言的湖水，把天空一寸寸
藏进体内。流动的事物，鸟群，是我一生的镜子

辽阔是我的词汇，也是植物脉络里的江山
多情年少，多少离别

时间，为一件旧瓷器，写下无忧之诗
而蝴蝶恰好可以成为虔诚的标点，哮喘的诗句

这多情又清冷的苍穹，藏着鸟类单薄的翅膀
如果河流慢一些，便是眼里的桃花

3

描述一片森林。描述爱情。火焰
穿过我的黑发和语言，一座山的颜色宽广而美丽

一座城市的胸怀，需要以光阴为定语
暗示我，流水从紧握的拳头中一点点远去

悬在风尖的句子，在我的陈述里
被无尽的思念写进族谱
即使现在打开史书，依旧可以听到花开和鸟鸣
依旧有许多未曾种植的喜悦
先我一步抵达，一匹马金色的鬃毛。风站在山顶
马背上的少年，用淬火的鞭子，抽打着绿色的荒野

4

国际花园，是对东莞最恰当的冠冕。我在这里漫步
欣赏属于"世界工厂"的美学
在那些有硬度的，或是柔软的香气里借助
正午直射的阳光，回归一片花瓣

折叠九种颜色，浮动在草叶上的光阴
在旧地图上
留下不倦的河流
每一株植物都是一位母亲

每一条溪水都可以打磨天空的影子
带领迷路的鸟群回家
而我要在东莞托出山川之上
把时间写旧一些，才能孕育生命。一抹嫣然

5

在骨缝里出生，落笔，是异乡人留在东莞的平仄
空悬的，我和时间之上的，那道谜题
现在已经解开了
我的心就在蔚蓝的天际线上，紧贴着一座城跳动的胸膛

江水里的木船，划着划着，就划进了诗经里
我每读出一句，岁月就高出一节
写在泥土里的书信
安放着一盏盏深藏刀锋的灯光

树冠和鸟鸣，被天空蓝冲洗出，新鲜的汉字
宣纸上的草木也已伸出红尘
存入档案的花朵，还在抱住一片光明
我的年华，在钟摆的嘀嗒声里，渐渐地成为稻田和雨

6

直到所有的墨汁都泼洒在大地，露珠才重新爬上枝头
河水里，我与银屏山的翠巍重影
我要去采摘东风，把那些水绘的植物
裁剪成时间的衣裙，而柔软的词语回到故乡
是我和等待我，归来的马匹

草木不停地用方言啄破泥土，推开虚掩的月光
桃源。户籍。大白于天下

待霞光把一垄垄的词缀染透，我就会把过去打成标签
贴在新修的路旁，把一碗清平点缀在河岸
把盈盈的水，交付橙色的、被缩小成果实的太阳

7

以甜蜜的口音诵读秋天。我站在树下，一行行识别着
随风荡漾的乐谱
雨水过滤着，这座城市，百转千回的变迁之路

蜿蜒在宣纸上，一只黑脸琵鹭，正在用尖尖的喙
啄出土地最初的葳蕤。一片水墨
布满月光的船和，珠江东岸的珍珠

8

伸入泥土的根系延续着古老的筋脉
保留每一颗种子，就能在城市，在更高的森林里
保留注满剑意的句子

我只想把半城山光写得再低一些，再浅一些
把肉身隐藏的春天，写在一片叶子上
与历尽波折的雨水重逢

可园的色彩和水榭一同被时间浸染
古意的日子一代代传承，仿佛岁月斑驳，被一条线
固定在三亩三分的土地上，成为历史温热的坐标

鸟鸣从清脆的光阴中一声声滴出。天空一分为二
一面写出东莞的柔软，一面映现它坚韧的风骨
每一条被岁月举起的河流，都在灵魂里烙下，历史的印章

9

注入魂魄的词语，行吟在莞邑的诗人，面向观音山
古老的凝望中——此刻粤晖园茂盛的水草，卸下一身世俗
与天空共享美好的音符。柔软的诗句，连接着我的笔意。春风
宁静之心，从纸上落入水面
一朵浪花跋涉千里，敲开故乡的门

我把一杯酒，饮成了一棵女儿香
我画三月，画雁鸣，画落在东莞眉骨上的星宿
沉浮的水，在一片叶子上醒来，辨认一枚尘世的羽毛
一场雨曾穿透我，眼中的泪水，而我写下整座城市的森林
上阕是流年，下阕是沉默在思念里，挺起的骨头

河流。植物。意志。描述我与一座城的序言

莞香之城

罗燕廷

1

以"木蜜"起家的城市
它的底子理所当然
有着草本的馥郁与芳香
断不会是大厦之"大",也不会是
高楼之"高"——
一座城市的灵魂,必须是草的、木的
山水的、湖泊的、森林的
钢铁、砖石和混凝土都太笨重了
唯有生生不息的大自然,才是
一座城市的骨血
——真正的繁华并不是琳琅满目
那些商品,只不过是俗世的
一堆饰物

2

一棵树不行，十棵、一百棵
也不行。必须是数十万棵、上百万棵
站在晨光里，无所顾忌
交谈，呼吸——
必须是一片怦然心动的森林
洒满玻璃般的鸟鸣
林边，还要有一行白鹭
一群长了翅膀的露珠，轻轻横过湖面
头也不回，自顾自地
上它们的青天……

3

如果说，是一片高耸的森林
把喧嚣压低的
那么，又是什么剔除了
一座城市的浮躁

多少异乡人，像朴实的树木
聚集在一起——

为讲好春天的故事
他们不约而同，统一了口径

在东莞，我想到了一种
珍贵的药材：莞香
一种由伤口凝结而成的晶体

消炎镇痛。既用于医治
离人的水土不服，人间的霍乱
也用于供养佛，供养宁静

4

观音气定神闲，坐在山上
眺望一城锦绣
佛在山下，守护一面有灵性的湖

早餐后，人们在环湖散步
漫不经心，就把天空随手放下的蓝
一圈一圈拧紧

三月，岸边的荔枝花正在怒放
它们开得多么努力啊，相信不用多久
每一朵都必结出果实

每一朵，都不会辜负成群结队的蝴蝶
不会辜负：这场盛大的春光

5

树荫下，人们围坐在一起
已分不清——
谁是本地人，谁是外乡人

真是奇妙啊——
那么多凹凹凸凸的乡音
只需一张小小的杉木方桌
就可以摆平

整个下午，他们不厌其烦
借一套紫砂茶具
反复把玩，一片倾斜的暮色
和微微荡漾的山光

——人与自然，就是在那时
融合为一

沉香姑娘（外二首）

袁仕咏

我是爱你的，这流离的土地

和土地上貌美如花的沉香姑娘

我肩头每耸出一枝新绿

都想长成森林间最美的王冠

我要把它们全献给你

穿透这异乡单调而枯燥的月光

我扎根坚挺

我要活成你希望的模样

心中常怀青翠葱茏的梦想

为了爱一切无所畏惧

我忍受着台风一千次袭扰

面对陌生的蚊虫一遍遍钻心叮咬

终是岿然不动

不管雷电发了疯地撕劈

顽劣的病菌经年折磨

还是兽类无端的嫉恨与偷袭

纵然残肢断臂，也是面容坚定

在这亚热带湿热的密林中

我汲取雨露，采撷光

接受天地的馈赠

也珍视自己满身的瘤疤

我对你的爱，沧桑而珍贵

唯有深情，开我心瓣

唯有绝情，裂我心扉

你必焚烧我，才懂我的心

你用锋利的斧刃，对我砍伐削剥

方可提取渗在骨头里的蜜汁

那是对你浓缩的相思

或者你捧我在怀里，细嗅轻呵

你闻到的，丝丝缕缕

沁人心脾的暗香

都是时间砍在我身上的伤

它如梦似幻

是香迷，也是苦楚

是痛，也是祛痛的神药

我沐风栉雨，忍其一生
也只为，把这一身珍藏的风雷
凝结成你手心
浓郁珍稀的一段香

晨鸟

这些能预知春天的鸟
它们尖锐的啼叫
撕开了黎明的暗幕
当油脂般的光
滴落在玉兰花、榕树、芭蕉林
以及异乡发光的房顶和屋檐
这些鸟啼，也惊醒了我

是的，它们没有说普通话
叽叽喳喳的，多是方言
呢喃自语，打情骂俏
或者，独自高歌
欢快的，忘情的，自我陶醉的
先是独奏，接着引起大片应和
这清晨是属于它们的

有叶草在这欢呼中孕育力量

安静的紫薇花，含着露珠绽开笑容

野沉香树也舒缓了一下

结在心里的苦，分泌出一缕香液

自由和欢快是单纯的

相比一整天的漫长和无趣

鸟儿们对这个没有猜忌的早晨

倾注了感情

仿佛黑夜是一个无底的深潭

这些流浪者，也心怀辽阔

它们的啼叫

是呼唤光明的琴弦

青梅

一场细雨后

梅子们簇拥着挤上树梢

一串串，带着银铃般的笑

沉浸在早春的阳光里

半个脸泛着红晕

有一枚青果，清妆淡影

掩在新生嫩芽后面

含着些羞怯

当时光镀着金边大片地垂下来

有几只不安分的小雀

用雏黄色的小嘴

轻啄那叶丛中初生的果蒂

我的忧伤，多像那果实中的青汁

待它收集了足够多的光

也将变成甜蜜的浆液

站在长满青梅的绿树下

有人顾影自怜

想起儿时一起骑竹马嬉玩的伙伴

有人想着把它摘了

尝一尝什么是透骨的酸楚

有人意气风发，想着架起炉火

青梅煮酒，纵论英雄

只有那位慈祥的老父亲

把它唤作梅儿

珍藏它酸涩灿烂的成长

是的，梅儿

你无须顾盼停留

这一季，就是一生

香市，最美的遇见

林少英

1

香气缭绕，红灯笼高挂，招牌还是旧时的模样
莞香历史，在断裂了半个世纪后，重拾昔日的繁华
白木香、镰头香、沉香、女儿香，在剖开撕心裂肺的痛苦后
被制成盘香、线香、香茶、珠链饰品，摆进时光橱柜
供熙来攘往的目光，鉴赏、品味

牙香街，用五百米长三米宽消瘦的相思
用雕花玉砌的明清古楼阁，穿越千年纷飞战火，跨越苍茫岁月
寻找曾经风靡海内外的繁华盛景荡气回肠的动人故事

莞香，早已沉寂在小巷深处，洗去浮华，拂去喧嚣
陈化成一柱奇楠，沉淀在岁月深处
静静点燃，曾经茂绿的记忆
默默燃尽，世事纷繁，人间欲念

端坐菩提树下，明镜台前

品香气袅袅，赏明月清风

沉醉一花一世界，一叶一如来

2

一股气韵，自香市公园上空弥漫

清雅甜润，香气醇美

一个世界上最大的香盒，横亘空中

将奇楠、女儿香、根洁、虫口、鹧鸪斑，心路历程的结晶

将千年的风声、雨声、砍伐声、枪炮声，历史的回音

将千年相思、泪痕、伤痛、血印，痛苦的记忆

收藏在这八千八百平方米的香盒，向世人诉说

走进沉香博物馆，寻找前世今生的一段情缘

在前世茂密的森林中，寻找曾经伤痕累累的黄熟、树心、板头

凭吊一段往事，了却一段心结

收获今生，融莞香、体香水乳交融的一颗女儿香

3

我畅游在佛灵湖，一只鸟儿跳荡在莞香树的枝丫间
"唧唧唧"，眼里充满好奇
它不明白，我为何总是踏入它的家园，像它一样
喜欢荡漾碧波上，静坐水杉旁

我常常坐在桉树林，平心静气，阅读这一方天地
一只鸟儿逡巡在枝叶间，静静地阅读我
当我起身放歌，它也快乐地手舞足蹈
"唧、唧唧、唧唧唧"

曾记得从前的弓箭和猎枪，将鸟儿惊吓得无影无踪
如今美丽宁静的佛灵湖，森林浓密
令欢快的鸟儿，不再惊弓

我知道，不久以后
这林中的鸟儿，都会消除了羞怯
飞到我的肩膀，用扇动的翅膀拍拍我
歇在我伸开的手掌上，用尖尖的小嘴亲亲我，
把我当作它的兄弟姐妹

4

很多年过去了，我依然听到佛灵湖畔
那声愤怒的鸟鸣

那一年，婷婷 3 岁，爸爸带着她在林间漫步
在一棵榕树的枝丫上，发现了三只玫瑰红的鸟蛋

爸爸拿起来，兴奋地说：拿回去煮给婷婷吃
婷婷抿着小嘴，带着哭腔：我不要，我不要

爸爸惭愧地将鸟蛋放回巢中
外公说：被动过的鸟蛋，鸟妈妈不会再孵
忽然，一只黑鸟在旁边的大树上，愤怒地鸣叫：嘎嘎嘎嘎，
嘎嘎嘎……

摩托车走了很远，那只鸟儿仍然追着怒吼"嘎嘎嘎，嘎嘎嘎"
仿佛在说：你这个大坏蛋

半个月后，我们再去看那三只玫瑰红的鸟蛋，它已经被妈妈
抛弃
因为人类的贪婪，它再也长不出美丽的翅膀，飞翔在它的世界

5

那一年，爸爸在佛灵湖畔
抓到一只飞不动的灰鹤，说：拿回去炖给婷婷吃

婷婷哭喊着：我不吃
过了一会儿，她怯怯地问道："杀它的时候，它会痛吗？"
那一年，婷婷 4 岁

隔岸桃花（外二首）

李佳奇

那晚江南雨夜之后
桃花林隔岸又红了过来
沉醉在花蕊深处的弥香
割裂空气分子
搭乘春风
得意忘形的气息
从八万里记忆深处的模糊之岛
乘兴而来，兴尽而返

深入另一处遗忘之境
在渺小角落的每一寸
灰域不复存在
无论是潺潺溪流
还是山丘与些许通幽小径
都铺陈上摄人心魂的粉
隔岸的桃花飘落于此间

一夜间掉尽颜色
晕染人间空荡的栖息地

花不知何时起，飘零至何时落下
幻化出千手千叶吻痕
一阵春风过后，还会有另一道春风
拂于无声无息处……

飞鸟带来的遐想

无论在天堂、还是人间
一只不知种类
不知来自何方的鸟
在双翼扇动的那一瞬
能救赎
人的一切孤独念想

鸣叫、几声甜言蜜语
斑驳又光怪陆离
却能为蓝的纯粹
绽放出七彩琉璃梦

以前远方的寂静

足以让耳膜听清

笔尖在纸上飞舞的声音

曾几何时，凌乱了方向

波长，笔直划向那只鸟飞来的地点

自源头、还是黄昏

都要在时间的裂缝中

伸手去抓取

那些希望

在梦中追寻的琉璃

往往带给人一种清醒的虚假

在灵魂的相遇时刻

于未知归途的远方

仅仅只能够是

一种陷入自我意识的遐想

雨后花园

叶子在窗外轻轻拂动

一场雨，不大不小

冲刷掉所有尘埃
洗涤了，在花园中休憩的
每一处自我灵魂

雨后，又如从前一般
隐形的生灵，重聚于林深
叶子的绿变得尤为深刻
树干上年轮，错综复杂
空气潮湿
每吸进去一口气，都极为甘甜

恒常如斯
蓝尾

巴喜鹊悬于枝头吟唱
流云之下，声音回荡
对命运的琢磨
此刻也清晰可见

在东莞，我为什么坚持抒情

温勇智

1

先落下第一笔，第一笔是总序
音乐之城、科技之城、博物馆之城、国家森林城市、国际花
园城市——
让莞城，成为我水墨画里的写意

在这里，我可以像一片绿，恣意地生长
被亚热带季风看守的树木，每一棵都是孪生
从外形到内在，都有着大自然最纯粹的呼吸
绿意一浪一浪，翻涌在我的身体里
像一首磅礴的诗，被平仄敲打的韵律
放牧成蝴蝶和蜻蜓的羽翅，让万物
沉浸在两千四百六十五平方公里的爱情里

在东莞，我可以以自己的方式

去体会光与热，风与雨、色与影的精妙

我想学着一声鸟鸣，在林间漫飞

你好，大岭山；你好，银瓶山

你好，瀌山、大屏障、黄旗山

你好，大王山、南门山、观音山、宝山

你好，威远岛、同沙生态园、碧湖森林公园——

一枚枚绿色的词牌，为东莞泼墨着一座绿色的江山

每当我领着早晨第一缕阳光从其中一棵树旁走过时

就有爱情的鸟声扑棱棱飞出

我的呼吸，开始不受任何束缚

这山，这森林，这蓝天，这碧水，这清爽的空气

让流淌的绿一路奔腾，一路欢歌

百分之三十六的森林覆盖率，比春风辞更有着满目盎然的诗意

期待中，有千千万万的嫩芽，唤醒了东莞的深藏

最好的日月，最好的思想，我们争相追逐着身体里的绿意

身体里的爱，身体里的生态和健康

为喧嚣尘世，定位心灵的归宿

为此，我有理由相信，碧绿万顷会唱出最美的歌谣

我拎着一枚绿韵，挂在你必须经过的路旁

只要你抬头，我就会在林间闪烁着光芒

攒一声尖叫，从天空滑过，从林间滑过
就像此时的绿浪一样起伏，引燃整个东莞

2

而水的流向，不是盲目的
玉带如何挥舞，莞城说了算
东江那么一扬，山峦就碧绿了

松山湖，以一尺水的湿润，养育着"科技"的城市形象
翡翠松山湖、锦绣山河商住区，是它修辞的两种方式
很招展地奔向高品位生活
可园，依然那么匠心独运，"咫尺山林"的手法如火纯情
环碧廊双清室、问花小院、壶中天、可堂、邀山阁，无处不"可"
粤晖园，涌动着迷人的风华气韵
以繁文馆、紫烟崖、绕翠廊等形式
不加修饰地散落一地散曲，不信
请看它"荷花池"里的自信和蓬勃

前来洗心的人，捧起湿意轻叩草木、滩涂、沙滩、流水
让那些经过湿润的偏旁不再喊疼
像一首诗，正与湖风打捞沉甸甸的蓝色诗句

禅意、湿意和诗意一漾一漾，绕过我的身子
俗肠洗尽之后，群山吐绿，波光潋滟，野鸟欢唱

踏着一抹山痕水印，寻梦莞城
一尾鱼，踌躇满志地游弋
那么近的美，自由与幸福
只有在天堂荡气回肠

3

十里风动，莞香，是莞城芬芳的修辞
一浪一浪的浓香，冲击我的视线
被莞城贴过标签的香树，在大岭山的腰上
种植辽阔无尽的誓言

从香开始，光，与影，用数万亩的语言谋篇
一片馥郁芬芳的莞香，应时而作
在香市，成为名副其实的璀璨

心脏弹跳。站在莞城中心广场，卸去一身喧嚣
健身、散步、唠嗑、赏景……我突然想放歌
如果，所有的青山、绿水、草木、房屋——都拿起一把乐器

演奏的必然是"归去来兮"

歌声，和着清风，和着莞香
一茬紧似一茬，打通了莞城的关节
亲天亲地的草木花卉，轻弹着休闲公园和高档小区
你看那一座座楼宇、一个个学校、一个个医院、一个个工业
园的拔节
让点赞的笔墨相形见绌
"美夹在山水册页之间，像奇迹，不可复制"

弱水三千，只取一瓢（组诗）

朝颜

梦与佛灵湖

天地茂林，水色修竹。我只需要一叶扁舟
就能在星光里摇动
只要一根芦苇，就能抵达的心灵的彼岸
满山花开，把一朵蒲公英吹散成
万千离别的词语

佛灵湖的微粼波光，映出我的名字
时间与记忆不谋而合
恰如云朵落入山中的寂静
那些隐藏着过去的石头，也藏着未来的我
藏着群山之下
敲响木鱼的僧人

木鱼有一场梦，有一晚流水

也有急着跃出水面，与天空对答的理想

佛灵湖取出沉淀在时光深处的修辞

赞美它曾遇见的少年

——风吹雨打，花开花落，佛印池的前世今生

似乎也与我的足迹重合

那些刻录时间的鸟，正从林间

曲折的小路上，取回属于它们的

有名字的昆虫

石头和草叶却在取回记忆

在隐秘的事物中

我从湖边的狼尾草上

得到日出日落的美，从它们遮住的云海

得到一只鸟祈盼的目光

而时间的指针正在拨动佛灵湖，拨动年代的闪光

意图寻找过往的繁华和朝代

可是万物寂静，我只看到我的影子

在湖水中，一圈圈散开

江山岁月在湖水中，奔去远方

那些包含我回忆的细节

近一点是寮步镇

是茂林和修竹，远一点是山河水

是鸟鸣与藤蔓纠缠的飞翔

是透明的翅膀

再远一点是太阳和星空

是解读经文的莲花，也是我唱过的歌谣

我从那些曾经驻足在湖边的身影

找到了我的故我

也能看到未来的一角

我的呼吸，我的心跳，似乎都在写下云彩和鸟

与湖水的爱情

风筝在风里，是动态的音符

在回忆中，是尘埃里陌生人走路的声音

如果这一切都有归宿

我便能找到闪电的尽头

或山影覆盖的沉思，或离别之人，写出的思念和欢颜

林中的小兽和我

我和这里的林木有约
和林中奔跑的小兽，也有过约定
假如我们能在一场雨里相见
我们就彼此说出，前世的自己和月亮

我们的约定，在森林里
越长越高。我在梦中，在月亮上看着流水
我从春天的黎明
提取一颗仅属于我和佛灵湖的宝石
那些小兽，把它们看到的年代装在里面
把水流声和一条木船
也装在里面。炊烟升起的时候
旧汉，前唐，大宋，亿万种喧嚣，就都成了我的一部分

人间在佛灵湖获得平息
正如我此刻，安坐于一场雨的洗礼。苍穹在上
执念已远，每株草都有向禅之心
每一滴露水
都在山的颜色中，折叠浮生的境遇

很轻的，很轻的

在佛灵湖，回忆和脚步声都被放得很轻
耳边蜂拥的杂音
像是黑暗与光明在互相拆解

湖水可以洗净铅华。命运。我
也可以洗净天空。干净的呼吸可以洗净生命之源
云上的菩提，可以洗净这湖中的万顷波纹

山河皆在我的目光中苏醒，寻找日月
佛灵湖的叙事却从绿色的人间
展开光阴和碧泉。而松林展开一面窗户里的峡谷

我站了很久。语言俱成飞鸟。游鱼。虫豸
每个生命都拥有天堂
它们与我窃窃交谈的时候，风就带走了森林的意境

我说起我的心事，佛灵湖的美
将回到城市的根须和枝头
我也说到月亮上的风，抵达心灵的钟声

一条船，悠悠荡荡，从远方来，到更远的远方去
水果香累累垂垂，将味蕾上的念想
按进寮步镇，缓缓展开的画卷里

弱水三千，只取一瓢

水面的月光。水面的风。水面的人间倒影
如果它们都能慢一点
就能与一棵树的灵魂相遇了
那时，我可以与我的影子低声对白
也可以将心头事
化成一晚相思，留给头顶的云

对岸的山，此刻在我的影子里，静静矗立
身边的岩石和一小片草地
在讲述着年轮的秘密
那些环绕着佛灵湖
很轻，但是足以让灵魂坦然的鸟鸣

弱水三千，我只取一瓢。一鸟。一花
世间的啼唱似乎永不知疲倦
一条鱼的视野里，似乎永无他乡

我因此想到我的过往

那日春风翻越山冈，一个少年站在岸边看湖水

他回头，我就放下了胸口上

最初的野花

是的，光阴必须慢下来，我才能看清

阔叶林身体里的辽阔

金龟子用尽全力发出的光

不会轻易消散，但可以悄悄凝固成只有佛灵湖

才懂的词语。一潭碧水的幽深

我将内心的灰尘

放在平静的光明里面

树木的清香，只要一刹那，就变成了，人生的路转峰回

东莞书：一阕绿辞

王骁可钰

1

在东莞，一碗露水，没有经过同意
不得擅自枯竭，独钓春风的渔翁，已挑出
青山绿水的倒刺，我已行至森林中央

为旅途写一首诗，笔迹夹杂着许多形容词
和夏天的影子，我从未逃出碧绿色的文本
——那摇曳的招牌盛开在姑娘的眼睛

语言和艺术已经熟透，被涂抹在平仄的河床
使得东莞更像一把刻刀，让半个新时代
都在刀背上流淌
为迟到与早退的访客，馈赠了文明

流淌的韵律，如停泊在汉字的喘息

如薪火传承礼仪的孩子，东莞的诗词生计长在
木头上，宛若铆钉一般坚固

词牌名收拢夕阳，用墨汁洗濯傍晚时分的天空
用日出淡化诗人的孤寂
尽管黄昏的温柔依旧细腻
而辞藻的良方，已延长东莞的十二时辰

草木具备石头的迹象，纹路也出奇一致
与一纸森林相关的充沛之情
早早隐退在动词的后续

请赐予我喧嚣和静谧、蝴蝶和流星
请赐予我东莞的一瞥惊鸿
扬起爱情的沙粒，将告白的地方埋进土地
保持优雅的见证
一直走，便会遇见姑娘

晚风吹干的疲惫，为流浪在书笺的蒲公英
复活一座城的呼吸，拥抱
作诗的宾客，把那些谜一般的繁华
刺绣在女孩的衣襟

2

沿着人间逆流而上，落叶缤纷活成了口碑
的缩影，我要用发颤的歌声
为时光拼凑出
专属于东莞的曲谱

我从未遗忘光明与美丽的梦境
只是莞香的暖色调越来越清晰，诗人只能等到
天黑以后，才能被时间逐渐宽恕

那座接近阳光和真相的城
被一次次模仿，却无法超越

我不会原谅错过东莞的雨季，语言掀起
轩然大波，沉默的仪式，如形而上
的文化底蕴，提醒我必须记住——
嗅觉，唱腔，与读法

我也在期待，昨日放纸鸢的孩子
会如期带来莞香
一粒粒服下鲜活的宋体字，为莞香落款

闪电惊扰了诗人——句型没有破绽和漏洞
只有和煦的风，永恒流淌在诗歌的文本

在东莞，点燃新时代的太阳是温柔的
在东莞，沾染幸运的鸟鸣也会稍有延迟
在东莞，谁把长发扎成乡愁的形状
谁就是下一个锦鲤

我擅自暗访，叫醒熟睡的猫——
请允许藏蓝色的词牌，为一份家书留住姓氏
为念旧的步履，制造可能性
将一座城的名字和预兆，曝晒在朝阳

斜晖是东莞最原始的汹涌，悠长的颂词
被一个骨朵占据了全部，是粤剧
让我们认清了自己，认清了岁月的深度

3

岁月收紧昼的气数，披纱的新娘
在路过森林的时候，复活了许多

沉睡的疑问

请攥紧手里的石头，不要答复多余的解释
姑娘也在为负笈求学的孩子舞蹈

春天在途中折返，直到所有邂逅
成为一座绿城的犒赏品
策反落寞的风，卜卦预测悠久文脉的宿命
背对明天，白纸起了皱纹

离乡的借口越来越多，来自心灵的倾诉
正在退出人间，正在来东莞的路上

起草文牍的人令一座城出世，风流人物
沉溺于浮景，或是鸟的脉息，那些贴满儒雅的偶遇
在文本怒放，赦免了落款人

在破晓前，为东莞立传——语言的属性
赢了所有含情脉脉的等待
为心中理想的城作诗，放养在语言的火焰
点燃了脍炙人口的幸运

活在细节的汹涌——盛开的诗与远方
组成梦境的软肋，囊括时代的休戚、缄默与仁爱

熟透的日子夹杂未知的丰盈，捎来掌声
画板刻着父亲的名字，一根笔杆
或是插在故乡的尊严，长成背井离乡的引线

在东莞，回来与撤退身不由己
鲜花的物语，已拉开新时代的序章

抵达是一场梦，只有触碰到森林，才能
被语言宠爱，背影化作修辞的形状
作揖的姿态，复原了一个汉字的结构

将时代的缱绻馈赠给来人，摒弃多余的灵感
信仰最柔软的部分，已成勋章
粤歌是最接近信仰的声音，漫过人间

沉香，爱情的香味

李庆华

1

也许今晚残月的弯钩过于锋利吧
我隐约听见早年的诗句
正在诗稿里像惊蛰的虫子，窸窸窣窣

悄悄打开这本封存多年的手工诗集
沉香慢慢溢出——从你当年的泪水里
从你摇曳着的马尾松，从你浅浅的笑靥里

除了虫蛀，每一页修改过的地方
都留下深深的划痕
每一处危险的分行留下你羞涩的笔迹

芬芳，是往事的初醒
还是历经岁月的磨难后
诗句她自己在悄悄地呼吸？

2

那个雨夜，少年的豪气压住委屈的背影
我赌气把一叠厚厚的往事压在箱下
就像把一截莞木沉入水底

压在箱下的有你我遍体鳞伤的心
暂别的思念
还有初恋的甜蜜

我没有听见它们喊疼
那些疼痛被汉字收养
就住在这些诗句的伤口里

这么多年，我一直在红尘中为生计奔波
我不知这些诗句经历了怎样的痛苦和寂寞
怎样疗伤，怎样在黑暗中保持自己

3

一梦醒来，仿佛千年
你仍是那个溪边浣纱的少女吗
那眉心的红豆是否不即不离

悄悄地打开，我又看见了沙河边的垂柳
又听见那个欢快的脚步越来越近
你依然从秀发里拉出盈盈的春水

我曾留意每一个经过我身旁的女孩
只有你悄悄走近
才能闻到那历久弥新的香气

结香的方式类似家国的隐痛
死去又复活的爱，我们轻轻地点燃
或许就能成就一生的传奇

沉香（外一首）

王业旺

多么重，又多么轻
若明若暗，若隐若现。一缕沉香

寂寞和不寂寞之间，重叠着，
远与近之间，重叠着；高与低之间，重叠着——

不是梅的那缕暗香盈袖，不是牡丹的那匹华丽丝绢
不自夸，只是风景独好的那抹莞香

一个人
指点自己的江山

花三千，香满城
你的。都是你的

虎门大桥与威远炮台并立着，是你的

历史钩沉和现代奔放并立着

松山湖与厚街并立着，是你的
幽静和喧嚣并立着，蓝与绿并立着

一滴水，江的尽头，海的源头
是你的，江东父老

一座山，悲悯的低谷，慈宁的高峰
是你的，故园新月

一个人，山重水复
千百人，柳岸花荫

生活，本无惊涛
是灵魂的荡漾，让你波澜壮阔

那么远，那么近。一个高度被另一个高度推倒
一个传奇被另一个传奇推倒

小草揣着种子
彩云踩着风雷

若即若离，若梦若幻

东莞，像一个展台，每一个人都可以走秀

炮台

一尊尊灵魂里刻着不屈的怒目

一尊尊炮台，一双双百年孤独的眼睛

咆哮、悲鸣、挣扎、沉沦。

掠夺者死于掠夺。销烟池是一张嘴，炮台也是一张嘴

永久性地张开着——

一念起，一念生，一念灭

沉静后，胜利者失败者同悲

消失了一双双眼睛，永久性的——

不说它，好吗?

它太重了，它太沉重了

一尊炮台，一块沉静的铁

岁月静美，在于它的流逝，淡淡的遗忘

在这里，告别不是为了重逢
告别就是为了告别。绝不挽留

逗留一下，每一个行人。为了纪念
然后走远

在东莞，听一堂示范山水课（外二首）

王爱民

东莞开设了示范山水课，适于大声朗读
啄木鸟敲着黑板，鸟虫抢答，星星眨眼

工厂和机器硬度制造的东莞
需要阳光空气和水来软化，如金镶玉
是繁华边上的另一种繁华，是精明答卷
是青山低头照水，树木抬头看天

先做几道数学题。大0是湖，小0是鸟巢
涟漪在水面一圈圈扩大成抛物线
1在湖边躺下来是一道山，就成10
2是水上的天鹅，3是朝向珠江口的海湾
6是打开心灵的一把锁头
单数是林中路东莞大道，复数是粤晖园和可园
实数是十万树木三千湖水
虚数是昆虫锯木声和处处蛙鸣

加一点春色减一点乡愁

乘一点针尖上的蜜除一点风

小幸福约等于半个江山

我的悠闲快意，如湖面上的涟漪

一圈圈地扩大，扩大又返回

脚步被美牵引，像马遇到了青草

湖水把一碗水端平

一颗果子模拟水声，纵身跳入湖中

一株沉香和一棵莞草熟悉我

与我交换内心的绿

被水墨认领，唇边仍留着你的名字

眼里有一种东西慢慢变深变甜

像爱你的人，东莞的山水一天天把你喊大

一天天领着我们回家

向更深处，向青山的倒影靠近

江山葱茏，最终回归天籁

东莞头上长草

在龙舟、醒狮的锣鼓里，在鸟雀的羽管里
坐落着一个个青山绿水的世外桃源
水是最早抵达粤曲粤剧湿润的嘴唇
草木有爱美之心，白云浮在一幅水墨画里

暮色四合 观音山微闭双眼
人间生火的炊烟 是敬给佛的一炷炷莞香
月在彩云芭蕉在雨里留下了甜

借银瓶山之笔 写向阳山坡下结庐的东莞
写木字旁草字头的东莞
写水字旁土字旁的东莞
写观音皓腕下 那只开落的红莲

沿着绿荫里的东江、石马河行走
像一只蚂蚁 卸下肩上几倍的重
投身松山湖、同沙湖、横岗湖、茅輋湖、佛灵湖
像一只蝌蚪 甩掉一只尾巴

在东莞一片叶子里行走

随处能找到一条上山的小径

婆娑的枝条是我驰骋的江山

叶子阔大 我一辈子不能看尽她的落花

嗅各种奇花野果的香

不小心遇到了斜出的梅花

醉倒在一枚南国红豆旁 浑身染一片红

如果是在广绣上 红就更深了 结出沉香

在茂竹林 一阵风把我拍瘦

似一把无相琵琶 吐出果核

在古松间 涛声柔软了我的针尖

在东莞 像一只草木里的昆虫

掏净体内的阴影

像一片落叶 安享静美

东莞一株沉香树是散发乳香的母亲

一株东莞的沉香树

是辛辛苦苦把我拉扯大的母亲

身上永远散发着一缕缕奶香

像一株沉香树一样
一个女人被唤一声母亲之后
就会遍体鳞伤，就会用一身沧桑

一株沉香树，一座慈祥母亲的雕像
四季风雨，注入你的皮肤
我不敢看一看自己的手掌

唤我回家吃饭的喊声里
永远有香喷喷的饭香

月是故乡明，有月亮的晚上
看一株沉香树，像看母亲随山月归

莞香，我梦里的乡愁（组诗）

王喜

过牙香街

当莞香盛时，岁售逾数万金。——《广东史志》

莞香花开的时候，便注定了
命运的烙印
过牙香街才晓得，一寸莞香一寸银

岁月沉香，仿佛当年
街市的买卖在今天重新复盛
从泥土中钻伸出来
在一截木头中还以颜色

成就梦的深度
成就绿荫下好乘凉的意志，一粒火种
重新绿起来

一截木头把自己预埋成奇香

仿佛是一种情怀

埋下的伏笔，成就古老磅礴的灵魂

过牙香街，一片瓦

一块砖石一盏高高在上的灯笼

皆有一颗绿色的心

素净的献辞不仅出于对泥土的感恩

更多是对汗水的肯定

一炷香从点燃到放出最后一丝香气，谁的一生不是如此

燃烧的生命，是一颗颗奉献的心——

莞香花凝结而成

母爱就是这样，长起来遮阳，倒下去遗风也是万年香

与莞香书

铁一样刚硬，钢一样硬折不弯

说的是智慧的莞人

像无法改写的年轮成就香的厚度

人的性格决定修为

我的父老兄弟，多少人撇开了姓氏

谦卑的接受刀斧逼出

一抹奇香，一棵树撑开来光阴如缕

收紧腰身是不朽的身子

举着阳光的，也举着生活与希望

举着粮食与水

在春风中笑起来的人

莞香一样

骨头中有奉献的元素，奉献生命

留下香气满人间

回肠的荡气，唤醒一座城

永不熄灭的星光

精神中的香，需要在火上走一遭

莞香才能成为真正的重生

在春天举起积攒了半生的黄金，凝聚在一起

像一个个小拳头

站在高高的枝头上挥舞，像一个个助威、呐喊的人

每一缕阳光都有黄金的质感

一截木头成为香的过程

与一粒粮食酿成酒，经历一样曲折

没摸过莞香

你就不知道一棵树的成就

父亲种植莞香

与耕种水稻粮食一样，每一次灌溉

都仿佛是给一盏盏

灯盏填油，光会越来越亮

在他浑浊的眼眸

唯有莞香才能挺起的脊梁，和粮食

鼓起他的腰包一样

生命的质感，仿佛一种密码

需要有人用心解开

父亲就是这样的人，在黑夜里

燃起一轮沉香

为五谷粮食划下明天的阳光

饱满而又朴实

泥土上如同心田，真心硕收，只要诚心耕作

秋天里总有辽阔的哲学

总有来自深喉中的吼声，每一缕阳光，都有黄金的质感

月亮是个乡下姑娘（外二首）

秦宏

关心丰收与稻草
关心外婆口腔里松动的童话
因为写不圆名字而躲在村庄背后羞涩
月亮是个乡下姑娘
是这座城市没有一次的皎洁辽远的笑容
在夜里，悄悄撒霜白桦林蝉鸣满秋池

月亮是个乡下姑娘
她让失去与得到，朴素地陷入河流

惊蛰

其实我想写的是一条虫子
眼里的春天
风和雨水都在蠕动
没有什么事情值得计算

写它因为人类的脚印妻离子散

从彼叶到此花孤苦伶仃

几乎用尽半条性命

写它轻手轻脚的清晨日暮

沉默、比自己还长远

那些未曾醒来的岁月

不是落秋就是寒冬

秘密

落毕自己疼痛的秋叶

藏好下一个春天

算计出一场雨

一把大伞

另加一场大雪纷飞

百搭的英伦外套

待你于茫茫红尘

临风泛夜而归

我就喂饱夕阳山前
暮色与马匹

东莞好（五首）（旧体诗）

马达时

七律·东莞好

岭南薄壤莞香荣，斧钺加身馥转浓。
雨打芭蕉银杏茂，风吹蟋蟀紫薇慵。
五湖青鸟戏洲屿，六月红蝉栖树穹。
尘世绿都何处有，苍苍山抱水之东。

七绝·战斗风云

销烟池里气升腾，大岭村屯东纵营。
国难连绵我同赴，河山寸寸总关情。

七绝·东莞五大水库

翠丘环绕绿琉璃，梦幻涟漪催小诗。
形胜上天随意赋，愚公千百垒石堤。

七绝 · 松山湖致华为

东风借汝半湖春，姹紫嫣红起岸滨。
科技攻关谁与共，松间明月照清芬。

七绝　清廉颂

荷风追柳清涟展，霞映青莲荇藻间。
天地赋形星月耀，质洁来去念前贤。

注：五大水利工程均建于 20 世纪 50 年代。

常平（三首）

熊建军

常平

大方的小镇，伸出
铁路的臂膀，以吹拂的海风
加速身体的嬗变，适应光照
适应汗水，适应
荔枝外表的粗糙，甘美的内心

梦在高处，玻璃般俯瞰
树林，道路，河水的倒影
工厂村庄，公园商场……
理顺生活的血肉和骨头

每个人的光环，都是日月
旋转的动力，大海在远处翻滚
涛声复苏幻想，花朵盛开

在枝头执着地填补时光的叙述

到来意味着转折，一座小镇
记录南北相交的脚印
方言与地理，培育命运之树
手中的芬芳，呼应着未来

寒溪河

堤岸上，茂盛的细须榕树纠缠
它们拢住弯曲的河道
仿佛沿途街镇的肠胃
一些不明的漂浮物长成青春痘
河水如子夜收藏的镜子
包含细碎的星光

有时睁开月亮的眼睛
观看两岸鳞次栉比的楼房
一阵阵风，吹动
工厂的喧嚣与忙碌，吹动
城镇的烟尘，谁像一只小鸟
在它怀抱的天空中飞翔

汽车与行人，川流不息
忙碌的桥，像经历半生的一个人
背负生活，钢筋水泥一样地坚守
路灯亮了又熄了，在时光
不断的演变中，河水泛起波澜
起伏的皱纹，折叠着过往的岁月

许多人在桥上迎来黄昏黎明
河水流动着一个时代的想象
无数身影，是河水里游动的词
在阳光下，说着自己的方言
闪烁着，荡起涟漪
传递彼此的梦与歌

清晨之诗

我必须怀着美好的修辞
沿途的树木，建筑物
在一颗露珠里放大，崭新的阳光
擦拭着昨夜丰富的想象
黄色的校车，排队的小学生

扫地的清洁工，卖早餐的摊贩
谨慎的名词，在形容词的节奏中
发出生动的声音

送菜的摩托，超越动词的速度
洒水车的音乐，完成对道路的描述
我跟在后面，许多人跟在后面
骑着单车，旋转的车轮
闪动一个感叹词的光芒

城市已经醒来，意境中
有轻微的风，有朦胧的雾
我必须用比喻的方式
通过一枚枚树叶的排比
由里向外表达，这些鲜活的意象
游动的音符，在城市的序曲中
为一天的生活领唱

一座山林的打开方式（外二首）

刘枫

跟清风一起
来阅读佛灵湖畔的山林

荔枝林有着大把活泼的绿
一批批簇拥而来
林梢的白云，轻盈
邈隐隐的果花香，飘过面颊

鹧鸪的啼鸣在耳边响起
叮咚的蝴蝶泉似在弹琴

不知名的小鸟
把这里吵吵得
静谧又热闹，坦诚又深邃

坐下来，最好是住下来
把这儿就当作故乡
江南村庄外的那片山林
让我的梦长得绿生生

小溪从我面前流过

爬到佛岭山半山腰
腿肚子打转筋
汗在背脊上流
一对小年轻从身旁路过
顺着他们的身影
就看见一条小溪
蹦蹦跳跳，从我面前流过
感觉有一朵浪花
溅到了我的心窝

叮叮咚咚，它们唱歌
是为我拂去疲乏么
哗哗啦啦，它们大笑
是在逗我开心么
铮铮淙淙，它们在低吟

许是知道我也喜欢哼几句诗
在与我交流切磋

那株莞香

土里生，土里长
树干挂着的标牌显示
移栽过来也才十多年
也不是这方土地的原居民

但它确有高贵的基因
但它确有傲娇的资本
一种树，代言一个城市
这是多大的荣耀和内涵
向上生长，不需要理由

莞香花开

第二辑

名家采风集

东莞风采（二首）

叶延滨

东莞水泥森林遇见绿色森林东莞

在珠江潮涌动梦想的年月
生长稻香与椰风的土地上
长出了一片叫东莞的水泥森林
那是汗水与泪水
搅拌希望的水泥
让脊梁和钢筋
都向天空伸展

种植这森林的人叫农民工
这片水泥森林撑起了
一个民族的富裕自尊——
东莞是从水田里长出来的城市
让钢筋开花
叫水泥结果

果实叫"世界制造之都"

每一个东莞人都是追梦人
土地和绿色都是梦想的基色
东莞人不会让自己的家
成为水泥森林里拥挤的蜂巢
绿色像潮水样漫过东莞
爱每一棵大树，如爱兄长
亲每一株小花，如遇初恋

东莞这水田里长出水泥森林
被绿潮涌动的森林东莞拥抱
就像一次初遇
又像久别重逢
东莞就这样告诉世界——
梦想可以在计算机键盘上舞蹈
梦想也要在森林里的鸟巢展翅……

梦里沉香入寮步

当我迷失在高楼霓虹的街市
计算机复制打印出的楼房

让我不知这是广州新区
还是深圳和中山的一隅
一缕沁入心扉的幽香
静声低语在耳畔
这是沉香之都寮步

当我沉醉于波光潋滟的湖滨
山丘叠翠涌，鸟鸣如泉滴
我以为我行走于桂林山水
漫步于七星的湖畔
一缕摄人心魂的淡香
无声无息在心底
告诉我这是在寮步

幸福并不遥远
在寮步你的每一步
幸福就在面前
一缕沉香相伴——
想故乡，是传情的飞雁
想读书，有添香的红袖……

佛灵湖（外一首）

杨克

青天和翠湖

两面相映的明镜

每一滴水都住着佛

每一枚树叶都是观音

鸣溪谷山泉不戴口罩

禾雀花张着嘴的雀儿

也不戴口罩

荔枝与龙眼骨碌碌瞪大眼睛

米登山径簇拥成天梯

风月亭的风声，掠过蝴蝶潭

喊我，莫非一见钟情

问天台、和香阁

树的泪，凝结琥珀和沉香

焚一片盔帽状小碎块
凹凸不平孔洞，芳香缭绕
全世界应是窗明几净
人间如灵水纤尘不染

深林花影

恍惚梧桐有凤凰栖居
于彼高冈，众多蓁蓁的
林木，每一阵风过，喈喈
雍雍，多像鸣叫的凤凰
凤栖梧桐，百鸟翔云

穗花杉红褐色的树皮
洋气十足 在灌木丛中
它的雌花和雄花
像勤快的夫妻
举着镰刀般的叶片
收割阵阵惊天林涛

傲视群木的挺拔润楠
冠盖如伞

鲜嫩的红叶簇生在粗壮老干
毛棉杜鹃摇曳数十万个花蕾
吊钟花粉红翠绿玉白的钟铃
敲响深林的晨钟

蕨类在这里也能长成大树
桫椤，这亿万斯年的活化石
摇着狼捧的螺旋状叶片
有乳汁的白桂木
捧出一盏盏白炽灯的花果
点燃有短柔毛的胴体
土沉香呢，它的蒴果
像一个个小乳房

所有的花树就这么疯长
绿水青山应如是
自顾自繁华 自顾自灿烂

神秘阴影

——关于东莞森林的诗报告

曾凡华

森林卸下了它那深红色的服装……

四下里便万籁俱寂了

——普希金《十月十九……》

1

如果只是坐而论道

东莞就不会出现这片森林

这片被层积的黄叶沤成黑色腐殖质

被莞香树遮得绿荫遍地

让疲惫的打工仔打工妹

在柔和明媚的林子里谈情说爱的

真实的森林

而森林的概念

将停留在那些城市设计者的沙盘上
成为心灵含混的谵语
和模糊的青草气息

然而
眼前这被阳光抚爱着
有着普希金诗里"神秘阴影"的森林
真真切切地存在着
以一种幽深而庄严的方式
向世人陈列出改革之初的先见之明

当钢铁与水泥在这片土地上
发出交响
灿烂的霓虹与炫目的女郎
勾勒出现代城市的风光
便有人在清醒地用粤语吟哦古诗
——大庾岭高梅挺拔 东莞天远海汪……
这说明
森林 对于东莞
是如此珍贵
如此不可或缺
因为没有森林

人心就无法安放

而涵养人心的

便是森林的密度与宽广……

2

改革是理念的释放也是心灵的畅想

东莞的森林

是东莞人诗性的开放

听姑娘们在密林中的互唤声

任何诗也表达不出这昙花一般迅疾的美

林间的小屋

莞香花开得安安静静

即便是提取莞香油的现代榨机

与砍削莞香木的古老斧凿声

也表达不出这一时刻的全部诗意

阳光从林隙斜刺里射过来

连草梗儿都被照亮了

光的多样性与力量

引得我产生创造的欲望

那棵枝叶繁茂的松树

灯塔般耸立着

无风

仍轻轻喧哗

那股稳的力

令人心安

这树中的伟丈夫

能凝聚起一种气场

只是生在东莞

就显得陌生

显得有点彷徨

3

林中草地上盛开的铃兰

如一团紫烟

被风吹得星星点点

此刻

真想做这片森林的守护员

把晚年的一切都交给这儿

直至死

不期望像托尔斯泰一样葬在林子里

只留一杯小小的黄土在地面

上面覆盖着茸茸的绿草

连山雀儿都不打扰

只需在随便那一棵树下

挖一个小坑

撒下骨灰

静静地躺在那里

享受亿万斯年的安然

或许有人能从树干斑驳的象形文字中

读出我的生平

其实 就一个绿字即可概括

从湘西那片绿林启生

走向绿营

穿了一辈子的军衣

座右铭里填写喜爱的颜色还是那个"绿"字

当然

能死在沧桑的莞香树下

更合我意

倒不是做鬼也想风流

而是祈望为莞树的伤口供一点养分

好让它多结香脂

为人间添一点清芬……

4

我还想

在林间的小屋摆一架钢琴

像柴可夫斯基一样

写一部森林的交响诗

序曲里坠着流星

华彩乐章的密林凉意袭人

再以柔美的和弦表现旷地上空气的光辉

并将森林的沉思

与意识隐秘角落产生的音乐旋律

融为一体

我还想

以这部作品为提案

吁请立法

为东莞的森林立法

为鸡形版图上所有的森林立法

保护树与树的后代

就是保护人与人的后代

我曾数度造访俄罗斯

乘小飞机穿越茫茫不着边际的林区

也曾见识过挪威森林的葱郁

在密林中的湖畔小憩

我曾走过纽约国家森林公园的小路

爬过马克思故乡特里尔森林小镇的山坡

对于森林的认知越来越清晰

此中有欣赏也有敬畏

有羡慕也有妒嫉

而今面对东莞的森林

便有一种五味杂陈的情绪……

当年 俄罗斯那片森林

即得益于彼得大帝严酷的法律

为阻止对森林的滥伐

柴可夫斯基愿以音乐作为抵押

而卫国战争中列宁格勒那位林学家

在轰炸与严寒里宁可饿死

也要保存速生树的树种

为了森林的重生

他在沉思着人类的另一种命运……

5

我甚至也想

将自己放倒在这里

放倒在佛灵湖的水面

作一条肉身的船

供那些世界工场的打工人消遣

让东莞的瓦尔登

成为梭罗们第二个写作季

那一泓波纹

能将所有枯萎了的心

浇活……

曾经沧海

却难得一见佛灵湖这一汪碧水

要想在现代都市里放牛

须找一亩两亩稻田

我知道

这是杨克的意象

而我诗的意象

却是东莞莞香树树疤上

那一段沉香

年轻时

曾想过窗明几净一架书的日子

不指望红袖添香

但诗意总是美好的

不管是戏剧里 现实中

如今那个老梦又从远方游来

在潜意识里

一切重荷 乱象 失误和迷惘

都变得黯淡

而东莞绿色的生态正在形成

前景也在地图上明确地标示出来

这才是主要之点……

6

此刻

北方沙尘暴的预警

在手机里呈现

而东莞这个预报改革初期曙光的城市

却绿意盎然

森林这个强大的经济体

生物学的和美学的起源地

可以淋漓尽致地表现庄严的美丽和自然界的神秘

这一点无可争议

我只是期望在东莞森林深处

找到诗的珍宝

而恩格斯关于森林的警语

却在耳畔回旋

——将森林根除以求取得耕地时

该想到积蓄贮存水分的中心

也随之消失……

屠格涅夫所歌颂过的全部丛林

一度为法西斯摧毁

却坚信那镶嵌金刚石的天空

一定会在森林的上方出现

而一度为钢筋水泥所包围的东莞

也一定会突出困境

将闪现出比钻石还要明亮一百倍的星星

这 也许就是东莞人的诗心与爱心之所在

其实 对森林的爱便是对祖国的爱

没有森林无以谈东莞 也无以谈祖国……

7

夜 升到东莞的市中心了
这片富含纤核磷灰石的土地
充满了青春的气息
而今后
还会有无数这样的夜
以及黎明
我记起一个林学家的话
——每个人都要植树
哪怕一生只植一棵
不然他便是死尸和干柴……

我理解这是自然的轮回
正如晚霞之后
将不可避免地升起朝霞
——那作为绿色反衬的
红得发紫的朝霞
——那金光照眼
既和睦又安宁的朝霞
在我已过去了大半的

来日无多的生活之后
——尽然出现

8

我又听到佛灵湖畔蛐蛐的鸣叫声了
一种去掉了金属的壳和水泥的质
变得圆润而有涵养的吟唱
青蛙在睡莲花上做无根之梦
我还听到
野鸭的梦呓与天鹅的拍翅声
感觉冥冥中似有萤火虫在暗自发光……

我终于相信了自然的力量与公道
相信污染统治不了东莞的森林
冰冻再难以现身
此后的各种植物可以自由生长
一年四季
无可阻挡
当生长的速度一旦超过水泥和钢铁
生态便自然形成

GTP 也变成绿色的了

于是

诗意的星星便会闪现在蓝空

一切尽在不言之中

也许 这才是举办东莞森林节的真实意义……

佛灵湖考

王久辛

环湖森林之根

默默向湖心摸索前进

从下往上向前吸吮

如饮圣露，佛

佛，佛祖在湖心端坐

而精神在天地之间显灵

爱情的大森林啊！绿

绿，绿啊！

绿在水中，绿着

绿成墨绿；绿在天上

绿着，绿成鲜绿

还有在风中绿着的呢

摇摆着，像彩蝶翩跹

在不确定的光芒中绿着

绿着，就绿成了斑斓扑闪的绿

充满生机的爱情

像充满灵性的森林

在情人的眼里

那是最隐秘、最甜蜜的地方

是放心热吻

放心孕育子孙后代

最美丽

最销魂的天堂

那个绿，那个蜜啊

是湖的灵骨之照射

绿色怡情于人，蜜味滋养于人

使人之情爱永远青青

如湖边嫩草之鲜莹

使鲜莹萌芽如旭日初绽之

橙橙曙色尽染天翼

永恒的，当然是爱情

而长久的，也必然是人生

在生命的大森林里

我们的心，就是湖

湖，就是心

心生根，根生心

心心相系，水乳交融

即成一泓碧湖而使大诗人

叶延滨脱口成诗，曰

心有佛，人成山

此为佛灵湖之谶语

亦是穷窿神明之天机

据久辛考参

乃叶公延滨先生为后世百代

证凿凿之明也

撩人的寮步

梁尔源

1

白云张开了双臂，和寮步有相拥之期

佛灵湖，一只明净深邃的眸子
和我疑惑的眼神对视时
用惊诧的蓝宝石
在大湾上空打开了无垠的期待

用渴求的视线，系住银瓶山
轻抚闪烁的波鳞
佛给我缓沉的夕阳开光

2

水是灵验的，佛心是一杆天平
谁能演绎鱼和熊掌的兼得

舍弃明月，不再骑着摩托车皈依
怒放的荔枝树，挂着他乡的赤诚
那是收入囊中的红宝石

在几何般成长的数字里
你只从"0"长到了"1"
在积木般的森林里
到处是天南海北的泉眼

3

鸟择水而栖，人择枝而攀
一只鸟的啭唪，让静谧更静谧
一群鸟的协奏，让花儿笑得更绚丽

在湖中观鱼，睡林中听鸟
醉意中不辨黑鸢和红隼
当天鹅成群踏梦而来
我惊呼！谁在"腾笼换鸟"

4

同行诗友三色堇，要与寮步妣美
那精致的打扮，像大地飘来的三原色
银瓶山挽着衣冠楚楚
佛灵湖托着盛大调色盘
此刻，我已是马良手中的笔

山水声色，人间沧桑
当东江渲染出底色
佛灵湖辐射绿宝石的光环
东莞，不再演绎：
"色即是空，空即是色"

5

有佛之湖，必香雾缭绕

麝香是腹中精粹，而莞香则是体中流髓
观寮步轻飐，摇动一身香
红袖薄纱，梵音袅袅
香惠之所，瘴气自败

沉下陶冶之情，方能宁静致远
那些用底气结晶的高端和智造
款款而出，都很"吃香"

6

返程的三万英尺之上，手中仍拽着那只绿色的风筝
一弯涌动的碧波，托着九颗璀璨的珍珠

那数不清的佛灵湖，似太阳能面板
为一个球体的中和
镶嵌一弯洁净的明月

东京湾，纽约湾……，梦中的航船
还要拐多少湾，闯多少礁

当一只雄健的海鸥，从浊浪中跃起
我的期待升腾起无限的空间

佛灵湖（外一首）

蓝野

天空垂落了一滴清澈的泪
在这里
等你

时间承接了它
亿万斯年
凝结为此地，此时

珠三角的这一滴
东莞的这一滴
寮步的这一滴
倒映着
这片大地的憧憬和回忆

沉香记

向南，遇上
一个芬芳的寮步
向南，一位消沉的诗人抛掉了
体内久住的虚无

白木香的疼痛
多么像一个人受伤后
挣扎着疗愈

自愈的伤疤被点燃
那直面过整个宇宙风暴的黑色晶体
飘散出袅袅烟缕
香炉之上，展现了另一种生机

这片土地，也曾历经苦难
而今，仪态万千
如经过伤痛的莞香一样
成就着一个天地间的传奇

向南，向南
遇见芬芳的寮步

当诗歌遇上森林，我迷路了（组诗）

丘树宏

当诗歌遇上森林，我迷路了

今天，在东莞寮步
一个小小的树林里
我这个九连山的儿子
居然迷路了迷路了

5G 的信号有五格
移动 Wi-Fi 的流量
也是满满当当
然而，手机上的
指南针，却突然
失去了方向感
如同此时的我
茫然又茫然

眼瞳，如同天空

明澈，蔚蓝

听觉，如同音响

动听，辽远

我用双手，触摸着

轻盈的空气

透亮，清甜

一只美丽的小蝴蝶

恣意地飞翔着

好像在讥笑

我此刻的神态

远处，早开的

凤凰花绚丽灿烂

将我失真的脸

映照得一片红艳

我试图以阳光的影子

辨别前行的方向

佛灵湖却闪烁出

一片片眩晕的潋滟

我试图用树桩的年轮

寻找东西和南北

葳蕤高耸的枝条林梢
却织成了绿色的梦幻

哦！当诗歌与森林相遇
就是年轻时你我的初恋
迷路，是十分自然
也是十分幸福的事情
何况，还有莞香的馥郁
萦绕着你的灵魂
燃烧着你的心

香香的寮步，香香的东莞

千百年的寮
筑成今天摩登的屋
千百年的埠
走成今天前行的步
千百年的土沉香
飘成今天香香的寮步

广州城的东
站成今天日出的帆

水葱般的草
编成今天美丽的莞
谜一样的土沉香
飘成今天香香的东莞

香香的东莞香香的寮步
香的梦想成就代代英雄谱
香香的寮步香香的东莞
香飘四季天地日月美名传

沉香微诗

雷劈电击
风吹雨打
吐纳出
日月精华

钻穿锯切
凿刻刀剐
生长成
天地奇葩

焚你烧你

香弥天涯

半醉半醒

梦真梦假

只想问一句

那年的伤

还疼吗？

山岚飘来了

江风吹来了

海浪涌来了

山啊江啊浪啊

碰撞到一起了

岚啊风啊浪啊

融合在一起了

袅袅上天

徐徐拂地

款款润人

接三界

烟氤氲

天地人

一线牵

醉的是你

醒的是你

梦的

还是

你⋯⋯

每当

你的氤氲

徐徐升起

我整个的世界

就静了下来

莞香在上（三首）

安海茵

东莞森林

一定有昆虫的吟唱
在绿色屏风的罅隙间标注降记

一定有蝴蝶从海上归来
它们把莞香树的秘密颂扬给更多人
之后
将咸味的落日贮存在佛灵湖的域

每一座湖都有它的矢量赋形
松山，东阳，或水濂
这其间的縠纹是记录森林脉息的
孜孜行走的秒针

沉香

沉香被砍斫成薄薄的木片
这只是成香的第一步
记录君子那兰心蹑空的好名声

沉香还要有漫长的路径
落雨的长廊
化液万物仰止的隐忍
这纵向坐标的参数
被丝丝缕缕的芳香所量化

内心的奔马勒成高密度的铭文
屏蔽掉所有的肌理虚浮的花

莞香在上

林木沐浴了亚热带流水
香气蒸蔚，木心沉静
我世俗的热望
被东莞这棵奇异之树所窖藏

莞香以火焰之姿怜惜这世间的小儿女
莞香潮水般覆没我的伤口
将荆棘之爱破壁成粉末状的隐喻

这香气携着海洋的记忆
和蚀化了的羽翅
翻过一座座山岭
莞香在上
为风暴里的阵痛打着矢志不渝的柔光

东莞二题

蒲小林

莞香

是的，你的确看见了一座钢筋水泥的森林
看见了铮铮铁骨，你完全可以说
每个东莞人，都是一根钢筋

但到了寮步，到了佛灵湖和肖艳华的
香博园，你的看法又会很快被颠覆，穿过
那片沉香林，穿过它的泥泞与风月
你会通过品香师余李雪手上莞香的缭绕
一眼看出东莞的软心肠
看出东莞的委婉与淡定，甚至闻出
东莞人灵魂的香气

沉香
——给寮步香博园

沉香树上，密密麻麻全是伤口
园主肖艳华告诉我，每处刀伤，其实都是
沉香一生必须要迈过的坎，一直要到
体无完肤，它的香气，才能彻底摆脱
一棵树的囚禁

整个下午，香博园的民工兄弟，用薄薄的
刀片，从横七竖八的木块上刮骨取香
由此，我学会了心狠手辣的技术
如果刀再锋利一点，我甚至会赶在他们
之前，朝所有的伤口毫不犹豫地补上几刀
并在那些精油冒出来的时候，一滴一滴
把它们剖开，不管剖出的是春雨、还是
冬雪，我需要的，就是这样一次
刀刀见血的释放

但在二楼试香坊，试香的小姐姐余李雪
似乎比我更狠，不管盘香、线香
被她往火上一摁，马上就会直冒青烟

其实一炷香里，不管承载了多大的苦难
到她的手上，也不过就是一阵烟
当袅袅的烟雾高过头顶时，仿佛我的身上
也有什么积压多年的东西，一下被
拽了出来

命脉之香（组诗）

三色堇

莞香花

在莞香花的内部
我似乎听到了寺院的钟声
它们像岭南的风铃
一串串低垂着的花萼挂在树梢上
正用粤语与世人交谈

它们有驱邪扶正的气质
更是香树所有秘密的见证者
它们蓬勃着我的想象
我知道这并不是最后的香林
而是最有魅力的王者

静静地坐在树下
我的世界便布满欢愉了

我看到那些花香在渐暗的林间
闪着清幽的光烟
此刻，我比一朵花更加富有

命脉之香

走在今天的必经之路
默默地俯下腰身，静坐，凝禅
我无法阻止沉重之枷蔓延给它的
满身伤痛
难道这就是宿命？

我不想用它的千疮百孔
换来一时的惬意和"薰衣静坐"
它的树冠，枝蔓，花朵
始终驮着年轮的重量
我总能嗅出它内心的独白与苍凉

人们目睹了它的七种悲伤与疲倦
刀斧砍伐，雷电加身
这遍体鳞伤的躯干和枝条
这带有暗疾的香的孤独
从清朝一直延伸到我的香案之上

真希望它能成为所罗门说的"遗忘"

宁愿它是失去香味的灰烬

我坐在狂风里默默凝视

一些词在深渊般的伤口中死去

一些香黄金般地落下来，扎进心里

荔枝赋

我用最好的教养接纳你

用温暖的唇，最深的挚爱

接纳你诗一样的浆果，琥珀的姿态

我的心就高过了蜜

糯米糍，桂味，黑叶，妃子笑……

它们的热度像我南国的友人

它一丛一丛的红让人心旌荡漾

我担心一只蜜蜂是否会被它的美擦伤

我宁愿，不知归途

亦不能辜负我东莞的美人

一些人返乡，一些人远游

而我却从长安赶来触摸你羸弱的枝头

这哪里是"一骑红尘"
分明就是一个时代的美落在我
迷恋的事物上
炽烈，旺盛，甜蜜，深邃
像太阳的种子，它正在成为一首诗

寮步香市

我是闻香而来的北方人
羽扇，丝巾，红袖，纱裙
暮色，河流，门楣
家家屋顶飘满香的生活
当光阴轮转
我嗅到了莞香的前世与今生

走进牙香街，风吹过香市
吹过一位红衣女孩单薄的身影
她小心翼翼地捧着这些
从傍晚燃烧到黎明的气息
我终于可以卸下满城的空旷和迷茫

不需要站在对方的阴影里揣测
我总算有了寻找莞香的机缘
暮色中的香铺，正是灯火阑珊
驻足其间，莞香在
透彻的感知中温暖、飘荡、蔓延

原生，古廊，良辰佳夕
满地月光，就这么走走、停停
走过一段重新起调的曲子
人间这么好，我像一名执着的修行者
穿梭于众神赐福的夕光中

散步就该散"寮步"（外一首）

张 况

时光倒流的迷雾

私下里对我倾诉

兄弟你人在江湖

得暇不妨到东莞小住

那是一种着色颇深的幸福

会令你浑身上下的每条线路

都散发触电般迷人的麻酥

那一日千里的换季速度

拂惠风而吐馥

持冰心煮玉壶

百分百的改革图谱

实打实的岭南风度

是的，在东莞小住

就该出去吸氧走路

就该放开手脚，心无旁骛

就该到方舟部落侃山宿露
采采蔬薪，弹弹丝竹
满头满脸都是宿醉的诗词歌赋
散步就该散"寮步"
散其他族群另类发型的狐步猫步
没准就是个天大的错误

是的，客居东莞散"寮步"
就该吹着口哨走夜路
就该跶着拖鞋穿便服
就该独自一人四处踟蹰
最好去亲至一下仙境般的佛灵湖
感受一下何谓银花火树
何谓此间乐，不思蜀

在东莞小住
就该忽发奇想读天书
有字无字，难得糊涂
无妨鲁班门前弄大斧
最好松弛神经罢征逐
不再苦思冥想觅归路

在东莞散"寮步"

就该手摘星辰，谨言慎独

拜完李白谒杜甫

了却残生烦恼无数

管它香臭贫富

理它如故不如故

就该仿效青崖白鹿

扬起史诗般的头颅

让世人喟叹嘀咕

何谓孤云逢绝路

何谓俊杰识时务

在东莞散"寮步"

就该龙行虎步

写诗就该有叶延滨的高度

男人就该学着做秦皇汉武

读史就该读张况老夫

一卷读出万卷沧桑苦

即便学无所成、居无定处

也不妄自菲薄、光阴虚度

不当莽夫骑赤兔

至少也要封万户

取经就该取"莞香"

一缕能续万世长

遥想仙姑昔年模样

祈愿芳心永不打烊

与其中哪一位执手相望

都能回放山水田园的往日风光

佛灵湖的赞美诗

东莞之肺

吸入仙气

吐出灵机

神的脏腑

有着非凡的魔力

即便隔着旷古的梦呓

也能在近距离

复活天堂的神迹

眼前的佛灵湖

明显是仙女下凡时

不小心遗落的一只云履

它掉进莞香缭绕的湖里

倒映出天堂原来的影子

心尖上的佛灵湖

氤氲着神谕的信息

它激活仙凡两界的绿色灵犀

荡漾着花香与鸟鸣的涟漪

在佛灵湖对影默立

我要怀抱蔚蓝的记忆

为湖心巍然倒立的东莞

写一首顶天立地的赞美诗

（张况，中国作家协会会员、中国诗歌学会常务理事、

广东省作家协会主席团成员、佛山市作家协会主席）

东莞的森林（外二首）

华海

在工厂、机器和网络的东莞
怎么长出一座森林？

诗人方舟说：
在一首诗里种下树苗

在东莞，在寮步，还有另一种可能
比如，你化身为一只蜻蜓或者螳螂
隐藏在草丛里听它们发言

还听到一只啄木鸟
把水边的丛林轻轻叩响……

莞香

是从水里沉下去的沉
沉浮的沉，也是岁月沉静的沉

是光阴无法淹没的伤，一棵树的伤
也是狂野的伤，现在都被记忆的火点燃

第一炷香，忆起枝和叶的青葱
你还是原来的样子，春水还是水的样子

第二炷香把你的伤点燃，是一个怀玉人的伤
一个帽子佩带兰花人的伤，也是一缕欲罢不能的香

你终于在悠悠沉浮的气息中升腾
幻化，仿佛从伤口绽放奇异的花

第三炷香，你开始在这片大地上缓缓飘过
目光在雷击、斧斫的伤痕中停留

也在虫蚁啮咬的伤痕中停留，你回到
白木香树默默涌流、凝固的油膏里

哦，今夜，在东莞，你在另一种幽香里
熟结沉静下来，想起诗歌，或者君子

佛灵湖

东莞有一座森林，有一条湖
仿佛刚刚发现，刚刚苏醒，带着惊讶的神情

佛灵湖就在东莞，在东莞制造的繁华旁边
它一直就在那里，很安静

刚刚醒来的森林，像一首诗的萌动
周围不高的山岭围过来，绿色瞬间围过来

围成一片草坪，这时候，就有傍晚奇异的光移过来
有人说看到了佛，也有人说遇到了灵

我们是一群诗人，我们说这就是诗
是佛灵湖生态诗会

我们邀约九月的秋风和十万棵桂花

还有雨中奔跑的老樟树

我们诗的朗诵，不能没有雀鸟的伴奏

和松鼠的舞蹈，久违的小精灵们都是森林诗人

连石头也会大声朗读，森林啊，快点生长

长成诗人方舟的一个梦：东莞在大森林里面

佛灵湖夜曲（外一首）

冯娜

流淌的佛灵湖 丝绸的横竹河

郊野的森林和风，都等待着被夜色弹奏

这水的乐音，区别于澎湃的海

落在粤语方言的歌谣里

溅起绿色的回声

落在沙质的土地，长出饱满的果实

落在旅人手上，便是一生的珍藏

丝绸的佛灵湖，星宿倒影的寮步河

城市围绕着孩子们跳舞

陌生人相互致意

谁要是走在佛灵湖的琴键上

就能听见林间的音律

盛夏在这里中转，欢乐在这里停驻

草地、山坡、卵石、莞香叶上的每一个音符

都在人们的心尖上闪耀

夜曲的佛灵湖，在一个梦境深处明亮
在无数睡眠之间，我看见它优美的面容
它仔细谛听
从前一样年轻

佛灵湖的阳光

北回归线以北，阳光被火炬木加冕
亚热带的岁月，是季风和雨水交织的歌吟
阳光照耀着活泼的城市
阳光，照耀着永不会老的湖泊

那被阳光反复挑选过的木叶和沉香
那被阳光一簇簇点燃的凤凰花和银桦
这里，有人听见爱情
阳光说出他们没有讲完的故事
这里，相思子发出珍珠一样的光芒

佛灵湖的波澜啊
蜂房中最甜蜜的，道路旁最挺拔的
都是怀着爱的人在阳光中酿造

雨水，有时赶来浇灌
人们在辛勤中收割的，在贫瘠中孕育的
都戴满了蓝色的花冠
阳光中的佛灵湖
来自盛夏的美意，也将去往梦乡
那采摘不尽的
阳光的名字啊，就是佛灵湖

佛灵湖（外一首）

保保

早晨叽叽喳喳的鸟鸣

叫醒佛灵湖，叫醒

湖里的鳜鱼和水藻

叫醒湖边那棵秃树

成群结队的游人在低语什么

我才不管呢

鲁莽地从它的耳朵里牵出一匹光线的骏马

牵出几只鹭鸟

牵出一只又一只蜻蜓

骏马奔跑起来

光线穿透森林的沉闷

鹭鸟和蜻蜓属于氛围组

卖力地表演蹩脚的圆舞曲

我武断地认为佛灵湖的耳朵

已经生锈很长一段时间

它每天只听见

打桩机、汽车以及各种机器的噪音

我对佛灵湖说

我保证让你与我一样

听见另一个声音

一个能穿透所有喧嚣和嘈杂的声音

那是一滴鸟鸣

还是一个词语

并不重要

沉香

这些年

我看过许多沉香

在不同的地方

只有两块楔进我的脑海里

一块长满虫洞的摆件

一块满身刀痕的摆件

在寮步镇中国沉香博物馆

匆匆的中午

灯光的阴影

渲染了美好的想象

手上戴了许多年的沉香手串

香气突然消失

右手沉重起来

这个中午也沉重起来

给苦难贴金是一桩划算的买卖

但我始终无法说服自己

没心没肺地点赞

万物纷纷如动漫嘉年华（组诗）

林馥娜

仿佛动漫嘉年华

十座森林公园的碧绿
簇拥、笼荫工业城的银灰
四月的诵诗从佛灵湖飞向街道楼宇

行走在湖畔绿道的人们
仿佛进行着绿野仙踪的"Cosplayer"
共时同步于次元之幻与城中之实

追蝴蝶的孩子
与香市小学的一张张童真面孔
在草地的霁光中动画般奔涌而来

宛如我对孩子们所说的
春不曾现身
万物纷纷为之展现最美的部分

城市里的林中路

车过满目青翠的东莞大道
城市里的林中路，通联绿色世界

旗峰山，水濂山，银瓶山……
以山为名的公园
对望楼群的起伏，坐拥
藏静于闹的森林之深

松山湖，华阳湖，佛灵湖……
环水为镜的湖
映照着产业园的身影，见证
制造业与 IT 世代的流迭

城市的可心处，必有披绿植翠
映水而成林，让惯于
车尘仆仆的奔波之足驻留休憩

引得一颗颗醉绿的诗心，入莞城
奔寮步而来

无我之香

献出青春之花，献出满树
饱胀的哺乳期果实

伤痕累累而又葳蕤的白木
把灰褐的隐忍缄默为香

斫枝、研粉、化液、结膏
一棵树以粒子的形态进入城市肌理

人们承美人之赠香，拟君子而沐香
日子因其弥漫之息而滋味绵长

当果核落地，又一轮
生生不息的无我，以泥土为起点

闻香相投的赤子，在树下
掬起又一味灵魂之香

沉香

舍去他人
设立的台级与磨盘

若一生在追逐游戏中打转
何以沉结出木心的芳馥

色空鼓在调香师手中
敲出幽玄清音

生命的沉淀物，需要时间之水
浸泡陈化至无限侘寂

在经受野蛮伤害与轻忽之后
向内蕴化而馈出深沉的莞尔浅涡

扎根万物的细小日子里
结集起独立千秋的百年香

而未知的何人将闻香如见
事实的在场诗意，如梵

寮步的猫

鸟鸣在早晨叫醒光
佛灵湖在氤氲面纱下
多么澄静洁净，不为世人所知
落叶铺上车身，森林同化人造物
寮步的猫也是薛定谔的猫
你不知道它
何时踩着梅花桩
探看过敛息的炭黑引擎盖
多少内存马力积蓄着
用于施行对纷乱世界的退行
并随风潜入莞香木

那里湖面总是澄静（外二首）

梁永利

午后。云朵驻扎湖面
那里总是澄静，一抹水草站起来
飘过的歌声，涂去阴影，因为
迷途不久的鸳鸯，以交颈示爱
我知道掀开涟漪的人
在南面的涵口，关闭沉鱼的突奔
啊，白云少了一些，柳叶漫无目的
像反季节的绿，将湖里的轻波
压平，并推向堤岸

第二次面晤，湖进入广角镜
卑躬的身，有些老道，正说着此生
湖心曾涡旋过鸟声，古琴和吟唱
一腔性灵袅袅腾升
晖光从远处赶来，铺满我的自在
特别是，对佛灵湖搜索枯肠的赞美

莞香

这种心软的东西，像绳索绑紧脚步
率性坐下来，坐在盒装的时空
眨眼间，高台多坚，明镜多悬
罗裙恍惚，拈花人在面前款款微笑
笑我结痂后没有苦言
笑我混迹木火，未能蝶变
如故莞香，浸淫成堆
真人熟记山野，敲门市肆
带香疏影，吐纳一言，心无所驻

我所驻寮步。二〇二一年五月初
森林有歌诗，采香续了前缘
而忘记盖一钤印，香薄无法合上
留一柱莞香浮现归途
自东莞至西湛，三小时可比寸灰
彼此品香的眼神仍在弥漫

天黑了，湖水还在发亮

小径健步的人，退却好多耳边风
湖水的呼吸深长，当初杂丛颇绰约
落日翻滚过对面的山
剩下蝉，相互争鸣。天黑了
路灯比不上湖水发亮
碎银粼粼，在东莞有何用处
大把空气换成小费
给我一个晚上的抚摸
丝丝清凉喂饱异乡的贪嗔
我便如湖了，如空相的水
湖光给墨树圈养着
反正带光的水舀不起来
静静地看吧，能参禅的东西
佛灵湖比较多

诗歌与森林（外二首）

梁晶晶

在一首诗歌里生长一片森林
或者，在森林里种下一首诗
剩下的时间就是浇浇水
等待庞大的绿意弥漫整个寮步

在诗歌与森林之间
沿途荡漾着 佛灵湖的眼波
还未燃尽的一缕莞香
缓慢而坚定
指向那条隐秘的路

到达的已经到达
我在一只梅花鹿的眼神里
看见了整个世界

山中

在静谧中醒来
或者 在喧闹中远去

野生的寒兰 在一片空谷中
找到归路 天色渐暮

风在收集它的情诗
那些发黄的落叶 绝美的诗句

微微的疼痛传来 一棵光蜡树发现
一只独角仙正吸食它的汁液

你就在这山中 微笑
奔跑或者做梦

"无名日子的感触，攀缘在我的身上，
正像那绿色的苔藓，攀缘在老树周身"

少女与白木香

天青色的日子还有多长？
少女在林中 也是其中一株白木香
白裙子上微微冒出的花蕊
眼睛里有倒影的星光
最初的清欢是她最美的衣裳

命运在宁静中隐隐传出雷声
闪电俯冲而来
撕开了白木香 也撕裂了她的心
涌动的伤口开出血色的花
要靠多少眼泪和夜晚才能愈合

少女怀抱着白木香
怀抱着她的情人 或者命运
时间是一片无垠的海
她看见自己在缓缓地下沉
长长的秀发与躯体慢慢旋转 凝结
化作一炷魂牵梦绕 缠绵不绝的女儿香

莞香传（外一首）

方舟

要在活性的躯干或根部
蓄意留下刀伤
让身体内的琼浆流出
再流进可能的脉管

要在自然结痂前
让伤口敞开
接受风霜的融入与造化
要让天地的精气
有缘加持和升华

要感谢民间的刀客
那些久传不失的技艺
刀起或刀落，方寸不乱
部位精准，并入木三分

在工坊，有慧眼识香
要剔除树枝肌理中的白
找出沉着的灰或深褐的部分
它们是上等香的原材料

要把那位揽你入胸的少女
认作情人，她悟出你前世的姻缘
用腹语交谈，结出心香
在驰名的香市，人们唤作女儿香

佛灵湖

佛灵湖是一种生命之体
草木真实，湖水真实

但佛灵湖也可以是一种虚拟
它真实的造化不为人知

让山水湖草感知虚无与缥缈
让喧嚣与沉静领受形质、各自归巢

苏东坡有三次从它身边经过
佛灵湖并没有去说破它

从博罗的白鹤峰到资福寺
是一条被遗忘提示的道路

佛灵湖是一种未言之美
在天镜之下兀自开放